LOVE STORY

LOVE STORY

by Erich Segal

실비아 허셔와 존 플렉스만에게 바친다

··· namque ··· solebatis

Meas esse aliquid putare nugas

시대가 변해도 변하지 않는 것이 있다.

사랑이 그렇다.

그런 의미에서 〈러브 스토리〉는 사랑이 지니고 있는 본질적이고 변하지 않는 것에 대해 이야기한다.

만나고, 입력되고, 사랑하고, 무엇보다 이타적인 사랑을 통해 결국 자신을 사랑하는 법을 배우고, 사랑은 도낭도낭(기브 앤 테이크)가 아님을 이해한다. 그리고 사랑의 가장 슬픈 형태로써 사랑의 궁극인 영원성에 도달한다.

해마다 첫눈이 내릴 무렵이면 연인들은 가장 아름답고 완전한 사랑을 꿈꾼다. 그들이 꿈꾸는 사랑을 이 책에서 발견할 수 있다. 단순한 독자였던 그들은 페이지가 넘겨짐에 따라 점점 책 속으로 걸어 들어가게 된다. 그리고 작가에 의해 쓰이지 않은 작품 속의 주인공이 되거나, 안타까운 사랑의 주인공과 자신들을 혼동하게 된다. 책을 덮을 무렵이면 그들은 올리버나 제니가 되어 무뚝뚝하게 책에서 걸어 나올 것이다.

　제니와 올리버가 처음 만났던 날도 눈이 내렸다.
　머지않아 첫 눈이 내릴 것이다. 때를 맞춰 개정판을 낼 수 있게 기회를 준 출판사에게 감사의 마음을 전한다.

2019. 11
백은영

1

스물다섯 살에 죽은 여자에 대해 무슨 이야기를 할 수 있을까?

그녀는 아름다웠다. 그리고 발랄했다. 그녀는 모차르트와 바흐를 사랑했다. 비틀즈도. 그리고 나도. 한 번은 그녀가 나를 그 음악가들과 함께 특별히 취급해 주길래, 좋아하는 순서가 어떻게 되느냐고 내가 물었다. 그녀는 빙그레 웃으며 대답했다.

"알파벳 순서지."

그땐 나도 웃었다. 하지만 지금 난 이렇게 혼자 앉아서 생각해 보는 것이다. 그녀가 나의 이름을 그녀의 리스트에 넣었을까. 그렇다면 난 모차르트 다음일 것이다. 아니면 내 성(姓)을 따랐을까. 그럴 경우 나는 바흐와 비틀즈 사이에 끼게 될 것이다. 어느 쪽이든 난 맨 처음 자리엔 들어가지 못한다. 그런 터무니없는 이유가 나를 지독하게 괴롭힌

다. 난 언제나 일등이어야만 한다고 생각하며 자랐기 때문이다. 조상에게 물려받은 천성 탓일까?

대학 4학년 가을 학기 때부터, 난 래드클리프 여대 도서관에서 공부하는 습관이 생겼다. 매력적인 여학생을 볼 수 있는 것이 기분 좋은 일이긴 했지만, 반드시 그 때문만은 아니었다. 그곳은 조용했고 아무도 날 알아보는 사람이 없고, 대출 중인 책들이 그리 많지도 않기 때문이었다.

역사 시험을 하루 앞둔 어느 날이었다. 하버드 학생 특유의 질병처럼 난 필독서 목록에 있는 첫째 권도 읽지 못하고 있었다. 다음 날 나는 난처한 입장에 처한 나 자신을 구제해줄 책을 빌리려고 대출계 책상으로 어슬렁어슬렁 다가갔다. 두 여자가 거기서 일하고 있었다. 키가 큰 여자는 아무 녀석하고나 테니스를 칠 타입이었고, 한 여자는 안경을 낀 생쥐 같았다.

나는 네 눈의 미니(Minnie)를 골라잡았다.

"≪중세의 몰락≫이란 책 있습니까?"

그녀가 나를 흘깃 쳐다보았다.

"하버드에도 도서관이 있을 텐데요."

그녀가 톡 쏘는 것이었다.

"이봐요. 하버드생은 래드클리프 도서관을 사용해도 된다는 걸 몰라요?"

"난 합법성을 따지자는 게 아니에요. 예비교생 (Preppie. 부잣집 아들인 사립고등학교 출신을 얕잡아 이르는 말). 윤리적인 문제를 말하고 있는 거예요. 그쪽엔 5백만 권이나 있는데, 우린 기껏해야 수 천 권도 안 되잖아요."

어쭈, 세게 나오는 타입인데. 래드클리프 학생 수가 하버드의 5분의 1 밖에 안 되니까, 하버드 학생들 보다 다섯 배는 더 똑똑해야 된다고 생각하는 부류잖아. 평소 같으면 이런 부류들은 따끔하게 혼내주었을 것이다. 하지만 그때는 그 빌어먹을 책이 꼭 있어야 했다.

"이것 보세요. 난 그 망할 놈의 책이 꼭 필요하다니깐요."

"미안한데요. 욕설은 삼가주시지 않겠어요, 예비교생?"

"뭘 보고 내가 예비교생이라고 그렇게 확신하쇼?"

"멍청하고 돈이 많아 보이니까요."

안경을 벗으며 그녀가 말했다.

"틀렸수다. 사실 난 똑똑하고 가난하다우."

"오, 천만에요, 예비교생. 똑똑하고 가난한 건 나라구요."

그녀는 날 똑바로 바라보았다. 그녀의 눈빛은 갈색이었다. 좋아, 내가 돈 많은 집 자식처럼 보일지 모르지만, 날 멍청이라고 부르게 놔두진 않을 테다. 아무리 예쁜 눈을 가진 래드클리프 여대생이라도 말이다.

"어쩌다 그렇게 똑똑해지셨수?"

내가 물었다.

"걱정 마세요. 당신 같은 사람하고는 커피 마시러 가지 않을 테니깐요."

"이봐요, 아가씨. 가자고 하지도 않을 거요."

"그거 봐요. 그러니까 멍청하다는 거죠."

그녀의 대답이었다.

왜 내가 그녀를 데리고 커피를 마시러 갔는지 설명하겠다. 결정적인 순간에 재빠르게 항복을 함으로써 난 책을 손에 넣을 수 있었다. 갑자기 항복하고 싶어진 것처럼 말이다. 그리고 도서관 문을 닫을 때까지 그녀를 기다려야 했기 때문에, 내가 11세기 말엽 성직자에서부터 법률가에 이르는 계층의 국왕의존도의 변천 과정에 관한 핵심적인 구절들에 몰두할 수 있는 시간은 충분했다. 나는 그 시험에서 A 마이너스를 받았는데, 우연히도 그 점수는 제니가 그 책상 뒤에서 처음 걸어 나왔을 때, 내가 그녀의 다리에 매긴 점수와 똑같았다. 하지만 난 그녀의 옷차림에 대해선 좋은 점수를 줄 수 없었다. 나의 취향으로 봤을 때, 그녀의 옷차림은 약간 도가 지나치다 싶은 보헤미안 스타일이었다. 특히 그녀의 인디언 스타일 핸드백은 영 마음에 들지 않았다. 그러나 내가 느낀 걸 그녀에게 말하지 않은 건 다행이었다. 나중에 알았지만 그 핸드백은 그녀가 직접 디자인한 것이었기 때문이다.

우리는 근처 샌드위치 전문점 '미짓'(Midget. 난쟁이, 꼬마란 뜻)이라는 레스토랑으로 갔다. 이름처럼 몸집이 작은 사람들만 들어갈 수 있는 집은 아니었다. 나는 커피 두 잔과 —그녀를 위해— 아이스크림을 입힌 브라우니를 주문했다.

"난 제니퍼 카빌레리라고 해. 이탈리아계 미국인이야."

내가 그 정도도 모르는 줄 알고 그녀가 이렇게 말했다.

"그리고 음악을 전공하고 있어."

그녀는 쉬지 않고 말했다.

"난 올리버라고 해."

"이름이야, 성이야?"

"이름."

그리고 나의 정식 이름은 올리버 배럿이라고 밝혔다. 하지만 그게 정확한 것은 아니었다.

"오, 그래? 시인 배럿과 같은 성인가?"

"맞아. 하지만 친척은 아니야."

대화는 잠시 끊겼다. 나는 "배럿 강당의 그 배럿 말이에요?"하고 귀가 따갑도록 들었던 지겨운 질문을 그녀가 하지 않은 것에 내심 고마워했다. 하버드에서 가장 크고 흉물스러운 건물인 배럿 강당을 지은 작자와 내가 친척이라는 사실은 내겐 엄청난 부담이었기 때문이었다. 그 건물은 우리 배럿 집안의 재산과 허영심과 그 터무니없는 하버드주의가 뒤범벅 된 어마어마한 기념비였다.

그녀는 한 마디도 하지 않았다. 우리에게 이렇게 빨리 대화 밑천이 떨어지다니! 혹시 내가 그 시인과 친척이 아니어서 그녀가 실망한 걸까? 도대체 이유가 뭐야? 그녀는 그저 거기에 앉아 슬며시 웃고만 있을 뿐이었다. 멍청하게 앉아 있기 뭐해서, 난 그녀의 노트를 들춰보았다. 그녀의 필체는 괴상했다. 대문자는 없고 작고 뾰족한 소문자뿐이었다. 자기가 뭐 e. e 커밍스(미국의 시인, 1894~1962)라도 되는 줄 아나본데. 그녀의 수강 과목은 꽤 수준 높은 것들이었다. 비교문학 105번, 음악 150번, 음악 201번······.

"음악 201번? 이건 대학원 과정일 텐데."

그녀는 고개를 끄덕였는데 그녀의 표정에 자만심 같은 것이 내비쳤다.

"르네상스 대위법이야."

"대위법이 뭔데?"

"섹스하곤 관계없는 거야, 예비교생."

내가 왜 이런 소리를 듣고도 참아야 하지. 도대체 이 여자는 〈크림슨〉(하버드 대학 교내 신문)도 안 읽는단 말야? 날 몰라보다니.

"이봐, 내가 누군지 정말 모르겠어?"

"알구 말구. 배럿 강당의 주인님이시죠?"

그녀는 내가 누군지 몰랐다.

"난 배럿 강당의 주인이 아니야. 내 증조부가 어쩌다 그걸 하버드에 기증한 것뿐이라구."

나는 이렇게 얼버무렸다.

"그래서 별 신통찮은 손자도 거저 입학하게 된 거구."

이젠 더 이상 참을 수가 없었다.

"제니, 날 그런 얼간이로 알았다면 왜 여기까지 와서 커피를 사게 꼬드겼지?"

그녀는 내 눈을 똑바로 들여다보더니 미소를 지었다.

"체격이 꽤 괜찮아 보여서."

위대한 승리를 쟁취하려면 멋지게 패배할 줄도 알아야 한다. 틀린 말이 아니다. 그 어떠한 패배라도 승리로 뒤바꿀 수 있는 능력, 이것이야말로 하버드의 전통이 아니었던가.

"운이 사납군, 배럿. 네가 잘 싸워줬는데 말야."

"그래, 너희 편이 이겨서 정말 다행이야. 너희들이 이번 게임에 이기지 않으면 곤란했단 말이야."

물론 일방적으로 눌러버리는 게 제일 낫다. 할 수만 있다면 차라리 마지막 순간에 역전 스코어를 내는 것이 더 나을 수도 있다. 그래서 기숙사까지 제니를 바래다주면서 나는 이 시건방진 래드클리프 아가씨를 완전히 뭉개버릴 순간만 노리고 있었던 것이다.

"이봐, 버릇없는 래드클리프 아가씨. 금요일 밤에 다트머스 대학과 아이스하키 게임이 있어."

"그래서?"

"와줬으면 좋겠다는 거지."

"내가 왜 그 거지 같은 하키 경기에 가야 해?"

스포츠에 별 흥미가 없는 래드클리프 여대의 학생다운 대답이었다.

"내가 출전하니까."

나는 태연하게 대꾸했다.

잠시 침묵이 흘렀다. 그때 나는 눈 내리는 소리를 들었던 것 같다.

"어느 편으로 나가는데?"

그녀가 물었다.

2

올리버 배럿 4세

매사추세츠 주, 입스위치

필립스 엑시터 고교 출신

20세

5피트 11인치, 185파운드

학년 : 4학년

전공 : 사회학

우등생 명단에 오른 해 : 61년, 62년, 63년

아이비 연맹 리그 퍼스트 팀에 합류한 해 : 62년, 63년

장래 희망 : 법률가

지금쯤 제니는 프로그램에 실린 내 신상 자료를 읽었을 것이다. 난 매니저인 빅 클래먼에게 그녀가 프로그램을 가지고 있는지 확인해 달라고 세 번씩이나 다짐을 받았다.

"맙소사, 배럿. 이게 첫 데이트셔?"

"입닥쳐, 빅. 네 옥수수를 씹게 해줄 수도 있으니까."

우리 팀이 빙판 위에서 준비 운동을 하고 있는 동안, 난 그녀에게 손을 흔들지도 않았고(멋대가리 없이 말이다!), 그 쪽을 쳐다보지도 않았다. 하지만 그녀는 내가 자신을 힐끗힐끗 쳐다보았을 것이라고 생각했을 것이다. 즉, 국가가 연주되는 동안 그녀가 안경을 벗은 것은 국기에 대한 경례를 표하기 위해서가 아니었을 거라는 얘기다.

2피리어드 중반까지 0대 0인 채, 우리 팀이 공격을 하고 있었다. 데이비 존스턴과 내가 상대편의 네트를 뚫어 놓으려 하고 있었다. 녹색 유니폼을 입은 다트머스 녀석들이 이걸 알아채고 거칠게 나오기 시작했다. 우리가 녀석들을 뚫고 네트를 갈라놓기 전에, 녀석들은 우리 편 한 두 선수의 뼈를 박살내 놓을 기세로 나오고 있었던 것이다. 피가 보고 싶은 관중들이 벌써 아우성을 쳐대고 있었다.

아이스하키에서 이것은 말 그대로 '피'를 보거나 골을 먹거나 둘 중 하나라는 뜻이다. 그것은 일종의 고귀한 신분에 부여되는 신성한 의무로서 나는 어느 쪽도 사양해본 적이 없다.

블루 라인을 뚫고 돌진해오는 다트머스의 센터 앨 레딩에게 치고 들어가 퍽을 가로챈 나는 얼음판을 스치듯 미끄러지며 쇄도해 들어갔다. 관중들이 함성을 질러댔다. 왼쪽에서 따라 들어오는 데이비 존스턴이 보였지만, 골문까지 단독으로 대시할 생각이었다. 상대편 골키퍼는 디어필드에서 내가 혼을 빼준 적 있는 아직 풋내기인 녀석이었다. 내가 샷을 날리기 전에 수비 녀석 둘이 한꺼번에 덮쳐왔다. 난 퍽을 뺏기지 않으려고 네트를 한 바퀴 돌아야 했다. 뒤엉킨 우리 셋은 경기라인을 따라 막은 보드와 상대편 쪽으로 스틱을 마구 휘두르며 돌았다. 이렇게 얽혀버린 경우 상대편 유니폼을 입은 것이다 싶으면 닥치는 대로 휘두르는 것이 내 방식이다. 이런 순간에는 퍽이 우리들의 스케이트 아래 어디에 있건 말건 상대방을 서로 잡아 죽일 듯 후려치는 데만 정신이 팔려 있는 것이다.

심판이 휘슬을 불었다.

"선수— 2분 퇴장!"

난 고개를 돌렸다. 심판이 가리키고 있는 것은 나였다. 나라구? 내가 무슨 반칙을 했다는 거지?

"왜 이러세요, 심판. 내가 뭘 어쨌다는 겁니까?"

그러나 심판은 내 말 따위는 더 이상 들으려고 하지 않았다.

"7번, 2분 퇴장!"

그는 본부석을 향해 소리치고 손으로 신호를 보냈다.

그래도 난 약하게나마 항의를 계속했다. 그게 자연스러운 것이다. 아무리 심한 반칙을 범했더라도 관중은 항의를 기대하는 법이다. 심판은 팔을 내저으며 날 몰아냈다. 심판의 묵살에 울화통이 치밀었지만, 난 페널티 박스 쪽으로 향했다. 나무 바닥에서 스케이트 날이 찰칵거리는 소리를 들으며 들어왔을 때, 확성기에서 짖어대는 듯한 소리가 들려왔다.

"하버드 대학 배럿, 페널티. 2분 퇴장!"

관중들이 야유를 터트렸고, 몇몇 하버드 패거리들은 심판의 시력과 공정성에 비난을 퍼부었다. 나는 거친 호흡을 가다듬으며 앉았다. 난 관중석을 올려다보지 않았고 우리보다 머릿수가 많은 다트머스 선수들이 휘젓고 있는 얼음판 쪽으로 눈길을 돌리지도 않았다.

"다른 친구들은 열심히 뛰는데 넌 왜 여기 앉아 있는 거야?"

제니의 목소리였다. 난 그녀를 무시하고 우리 팀을 열렬히 응원하고 있었다.

"여어, 하버드! 퍽을 잡아!"

"뭘 잘못했어?"

"내가 너무 거칠었거든."

난 돌아보며 대꾸했다. 그녀는 어쨌거나 내 데이트 상대였다.

나는 다시 득점을 하기위해 용을 쓰고 있는 앨 레딩을 저지하기위해 기를 쓰고 있는 동료들에게로 눈을 돌렸다.

"아주 치사한 반칙을 했나 보지?"

"제니, 부탁이야. 집중이 안 되잖아."

"뭐가?"

"저 빌어먹을 앨 레딩 녀석을 어떻게 밟아줄까 생각 중이라구!"

동료들에게 정신적 지원을 아끼지 않으며 난 빙판을 내려다보았다.

"넌 비열한 반칙을 하는 선수지?"

내 시선은 녹색 녀석들이 밀려드는 우리 편 골대 쪽에 박혔다. 뛰쳐나가고 싶어 미칠 것만 같았다.

제니는 그치지 않았다.

"나도 언젠가 그렇게 '밝아'버릴 거야?"

"입 닥치지 않으면 지금 당장 그러겠어."

"난 갈래, 안녕."

내가 등을 돌렸을 때, 그녀는 사라지고 없었다. 일어서서 찾아보려고 할 때 벌칙 시간 2분이 끝났음을 알려왔다. 나는 칸막이를 훌쩍 넘어 다시 얼음판으로 뛰어들었다.

내가 들어서자 관중들이 환호성을 질렀다. 배럿이 날개로 들어와 팀은 재정비를 하게 된 것이다. 어딘가 숨어 있을 제니는 나의 출현에 열광하는 환호성을 들었으리라. 그러니까 그녀가 어디에 있든 상관없었다.

그녀는 어디에 있는 것일까?

앨 레딩이 무시무시한 샷을 때렸다. 그러나 우리 편 골키퍼가 그것을 진 케너웨이에게 쳐냈고 케너웨이는 그것을 내 쪽으로 보냈다. 퍽을 따라가며 난 제니를 찾으려고 아주 잠깐 동안 스탠드 쪽을 흘깃거렸던 것 같다. 정말 그랬다. 난 그녀를 보았다. 그녀는 거기 있었다.

그리고 난 엉덩방아를 찧고 말았다.

두 녹색 녀석들이 내게 부딪혀 왔기 때문이었다.

빌어먹을! 난 정말 당황했다. 배럿이 나가떨어진 것이다! 내가 미끄러지자 하버드의 열광적인 팬들이 신음 소리를 내질렀다. 피에 굶주린 다트머스 팬들이 합창을 하듯 질러대는 응원의 함성도 들려왔다.

"다시 쳐! 다시 까 버려!"

제니는 무슨 생각을 하고 있을까?

다트머스는 우리 골 쪽으로 퍽을 다시 날렸으나 우리 편 골키퍼가 잇달아 막아냈다. 케너웨이가 존스턴에게 퍽을 밀어보내자 케너웨이는 내 밑으로 퍽을 쏘아보냈다(나는 이미 일어나 있었다). 관중들은 더욱 광적으로 열을 올리기 시작했다. 이번엔 반드시 득점이다. 나는 퍽을 낚아 잽싸게 다트머스 편 블루라인을 돌파했다. 다트머스 두 수비수가 내 앞으로 곧장 달려들고 있었다.

"잘한다, 올리버! 박살내버려!"

환호성을 지르는 관중석에서 찢어지는 듯한 제니의 목소리가 유난히 크게 들려왔다. 아주 난폭하고 격렬한 목소리였다. 난 수비수 한 녀석을 슬쩍 제치고 또 한 녀석은 세게 부딪쳐 숨통이 끊어질 정도로 만들어 놓았다.

균형을 잃은 상태여서 슛을 하기는 어려웠다. 난 오른쪽에 따라와 있는 데이비 존스턴에게 밀어 보냈다. 데이비가 그것을 때려 네트에 꽂았다. 하버드 득점!

그 순간 우리는 서로 껴안고 키스를 퍼부었다. 나와 데이비 존스턴 그리고 우리 편 선수들은 부둥켜안고 입을 맞추고 서로 등을 두드리며 스케이트를 신은 채 껑충껑충 뛰었다. 관중들은 함성을 내질렀다. 내가 때려눕힌 다트머스 녀석은 아직도 얼음판에 주저앉아 있었다. 관중들이 프로그램을 얼음판에 내던졌다. 이 골로 다트머스 허리를 완전히 꺾어 놓은 것이다(이 말은 상징적인 의미다. 숨을 쉴 수 있게 되자 다트머스의 그 수비수는 일어날 수 있었던 것이다). 우리는 그들을 7대 0으로 완전히 짓이겨 놓았다.

만약 내가 감상주의자여서 하버드의 사진을 벽에 걸어놓을 정도라면, 윈드롭 기숙사나 멤 교회당 사진이 아니라 딜런의 사진을 걸어 놓았을 것이다. 딜런 체육관 사진을 말이다. 내가 만약 하버드에 정신적 안식처가 있었다면, 바로 그곳이었다. 내가 이런 말을 하면 네잇 퓨지 총장은 내 졸업장을 취소할지 모르지만, 나한테 위드너 도서관은 딜런 체육관보다 훨씬 의미가 없었다. 강의가 끝나는 오후가 되면 그곳으로 들어가 야한 농담이 섞인 격의 없는 인사말을 던지며 동료들을 맞고, 문명의 껍데기를 벗어 던지고 운동구를 착용하는 것이다. 패드를 차고 오래고 친근감이 느껴지는 7번 셔츠(이 번호를 영구 결번으로 해주길 꿈꾸었으나 그들은 허락하지 않았다)를 걸친 다음, 스케이트를 신고 왔슨 링크 쪽으로 걸어 나가는 기분이란 이루 말할 수가 없었다.

그리고 나서 딜런 체육관으로 돌아오는 기분은 더욱 좋았다. 땀에 절은 보호구를 벗고 벌거벗은 몸으로 으쓱대며 보급품 데스크로 걸어가 타월을 집는 것이다.

"올리, 오늘 어땠어?"

"좋아, 리치. 최고야, 지미."

그리고 샤워실로 들어가 지난 토요일 밤에 누가 누구에게 어떤 짓을 몇 번이나 했느냐는 따위의 이야기를 듣는다.

"이 뚱땡이들은 마운트 이다에서 우리가 꼬셨거든, 알겠어...?"

그리고 내겐 나만의 장소에서 명상을 즐길 수 있는 개인적인 특권이 있었다. 다행히 무릎 상태가 좋지 않아(그렇다, 다행히. 내 징병 카드를 보면 알 수 있을 것이다), 뛰고 난 후에는 그곳을 수중 마사지 해주어야 한다. 내 무릎주위로 맴도는 동그란 파문을 바라보면 찢어지거나 멍든 부위 (한편으로는 이것들이 싫지 않았다)를 점검해 보며 별 의미 없는 이런 저런 생각에 잠기고 한다. 오늘 밤엔 골을 하나 넣고 어시스트를 하나 기록한 일을 떠올리며, 잘하면 아이비 연맹전 (All-Ivy)에 3년 연속 등극할 수도 있겠다는 생각을 하는 것이다.

"마사지 하고 있어, 올리?"

우리들의 정신적 지도자로 자칭하고 있는 트레이너 잭키 펠트였다.

"그럼 딸딸이라도 치고 있는 줄 알았나, 펠트?"

잭키는 바보처럼 이빨을 드러내고 낄낄대고 있었다.

"무릎에 무슨 문제가 생겼는지 알아 봤어, 올리? 알아 봤냐고?"

나는 동부의 정형외과 의사를 모두 찾아가 보았다. 그 사실은 나보다 펠트가 더 잘 알고 있었다.

"음식을 잘못 먹고 있는 거 아냐?"

나는 그런 데 별로 관심이 없었다.

"염분을 충분히 섭취해 주어야 한다고"

내가 비위를 맞춰주면 그는 꺼져 줄 것이다.

"그러지, 잭. 소금을 더 많이 먹도록 하지 뭐."

맙소사, 기분이 째지는 모양이군! 그는 바보 같은 얼굴에 놀랍도록 만족스런 표정을 하고 사라졌다. 어쨌거나 나는 다시 혼자가 되었다. 나는 짜릿하게 쑤셔대는 몸을 소용돌이치는 물속에 밀어 넣었다. 목까지 차오르도록 뜨거운 물속에 몸을 담그고 눈을 감았다. 아흐흐…….

이런! 제니가 밖에서 기다리고 있을 텐데. 그래야 되는데! 지금까지! 이럴 수가! 그녀가 케임브리지 추위 속에 떨고 있는 동안 난 얼마나 오랫동안 느긋하게 꾸물거리고 있었던 거지. 난 기록적인 속도로 옷을 입었다. 딜런의 정문을 밀어젖히고 있을 때도 몸에는 물기가 남아 있었다.

차가운 공기가 나를 덮쳤다. 제길, 얼어붙겠군. 게다가 캄캄했다. 아직도 몇 명 안 되는 팬들이 그곳에 남아 있었다. 대부분 나이든 하키 광들로 마음속에서는 아직도 하키 패드를 버리지 못한 선배들이었다. 홈경기든 원정경기든 어느 시합에나 얼굴을 내미는 조단 젠크스 같은 사람들 말이다. 그런 열정은 어디서 나오는 것일까? 젠크스는 대은행가이면서도 말이다. 무슨 까닭에서일까?

"샤워를 꽤 길게 했군, 올리버!"

"예, 젠크스 씨. 경기가 어땠는지 알잖아요."

난 사방을 둘러보며 제니를 찾았다. 여기를 떠나 래드클리프까지 혼자 걸어가 버린 걸까?

"제니!"

나는 패거리들로부터 서너 발짝 떨어져서 필사적으로 그녀를 찾고 있었다. 그녀가 스카프로 얼굴을 감싸고 눈만 내놓은 모습으로 덤불 뒤에서 갑자기 튀어나온 것은 바로 그때였다.

"헤이, 예비교생. 여긴 지독하게 춥네."

그녀를 보자 미치도록 기뻤다!

"제니!"

거의 본능적으로 난 그녀의 이마에 가볍게 키스를 했다.

"내가 해도 좋다고 했어?"

"뭘?"

"내게 키스해도 좋다고 너한테 말한 적 있느냐구?"

"미안해. 갑자기 넋을 잃고 말았거든."

"난 아니야."

어둡고 추운, 늦은 밤이었다. 우리는 둘만이 꽤 오랫동안 밖에 있었다. 나는 그녀에게 다시 키스를 했다. 이마가 아니었고, 가벼운 키스도 아니었다. 길고 황홀한 키스였다. 키스가 끝났을 때 그녀는 아직도 나의 소매를 잡고 있었다.

"이런 게 싫어."

그녀가 말했다.

"뭐가?"

"이런 걸 내가 좋아한다는 사실이 말야."

걸어서 돌아오는 동안(난 차를 갖고 있었지만, 그녀는 걷고 싶어 했다), 제니는 내 소매에 매달려 있었다. 내 팔이 아니라 소매에. 그 까닭을 내게 설명해 달라고는 말아주시길. 브리그스 홀 현관 계단 앞에서 나는 그녀에게 작별 키스를 하지 않았다.

"잘 들어, 젠. 몇 달 동안 전화 안 할 지도 몰라."

그녀는 잠시 말이 없었다. 아주 잠시.

그녀가 마침내 물었다.

"왜?"

"어쩌면, 내 방에 들어가자마자 전화할 테니까."

뒤돌아 걷기 시작했다.

"나쁜 자식!"

그녀가 작은 소리로 소리치는 게 들렸다.

난 20피트 쯤 떨어진 그 자리에서 몸을 돌려 소리쳤다.

"이봐, 제니! 욕할 테면 해 봐, 하지만 진심은 아닐걸!"

난 그녀의 표정을 보고 싶었지만, 전략상 돌아보지 않았다.

방에 돌아오자마자 룸메이트 래이 스트래턴은 풋볼 동료 둘과 함께 포커 판을 벌이고 있었다.

"안녕하신가, 짐승들."

그들은 적당히 구시렁거리며 대꾸했다.

"오늘 밤 어땠어, 올리?"

래이가 물었다.

"한 골 넣고 어시스트도 하나 했지."

내가 대답했다.

"카빌레리는 단념하라구."

"네 녀석들이 상관할 일이 아니야."

내가 대꾸했다.

"누군데?"

거구의 다른 짐승이 물었다.

"제니 카빌레리, 따분한 음악가 타입이지."

래이가 대답했다.

"나도 걔를 알아. 진짜 꽉 막힌 애야."

이 발정 난 짐승처럼 버르장머리 없는 녀석들을

무시하고 줄을 풀어서 내 방으로 전화기를 들고 가려고 했다.

"바흐 협회 사람들과 피아노를 치던데."

스트래턴이었다.

"배럿하고는 뭘 연주하지?"

"거의 알아듣기 힘든 거겠지!"

꿀꿀꿀, 킥킥킥, 쿡쿡쿡. 짐승들은 신나서 웃고 있었다.

"신사 여러분,"

난 그 자리를 떠나며 내뱉었다.

"엿이나 드시지"

문을 닫으며 욕지거리를 한 차례 더 뇌까리고, 신발을 벗고, 침대에 등을 대고 벌러덩 누워 제니의 전화번호를 돌렸다. 우리는 속삭이며 이야기했다.

"이봐, 젠…"

"왜?"

"젠… 내가 이런 말하면 뭐라 할지 모르지만…"

난 망설였다. 그녀는 잠자코 기다렸다.

"내 생각에…… 널 사랑하고 있는 것 같아."

침묵이 흘렀다. 이윽고 그녀가 아주 부드러운 목소리로 대답했다.

"내가 말하고 싶은 건…… 넌 개떡같다는 거야."

그리고 전화를 끊어버렸다. 난 기분이 나쁘지 않았다. 그리고 놀라지도 않았다.

3

-->--•--<--

　코넬대학 팀과의 시합에서 나는 부상을 당했다.

　그것은 사실 나의 실수였다. 경기가 과열된 고비에 난 상대 팀 센터에게 "캐나다 새끼"라고 욕을 퍼붓는 불운한 실수를 저지르고 말았다. 난 그들 팀에서 4명이 캐나다 인이라는 사실을 깜박 잊고 있었다. 그들 모두 지극히 애국적이고 체격이 좋은데다 내 말소리가 들리는 곳에 있었다는 사실이 밝혀졌다. 굴욕적으로 다치기까지 했는데 내게 벌칙이 또 내려졌다. 그것도 보통 벌칙이 아니라 싸움을 한 벌로 5분간 퇴장이었다. 이것이 발표되었을 때 코넬 대학 팬들이 나한테 야유를 퍼붓는 소리를 들어봤더라면!

　아이비 타이틀이 걸린 시합인데도 뉴욕 주의 이타카의 소굴로 와준 하버드의 열광적 응원자들은 많지 않았다. 5분씩이나! 박스 안으로 올라가며 난 우리 코치가 머리를 쥐어뜯는 모습을 목격할 수 있었다.

잭키 펠트가 눈썹이 휘날리게 뛰어왔다. 내 오른쪽 얼굴 전체가 피범벅이 돼 있다는 사실을 깨달은 것은 바로 그때였다.

"빌어먹을."

그는 지혈제를 바르며 계속 씨부렁거렸다.

"맙소사, 올리."

나는 앞만 멍하니 바라보며 앉아 있었다. 내가 가장 우려하는 일은, 지금 막 벌어지고 있는 빙판을 바라다보는 게 민망스럽다는 것이다. 코넬대학이 득점을 했기 때문이다. 붉은 유니폼을 입은 코넬대학 팬들은 비명과 고함을 내지르고 삐이삑 삑 휘슬을 불어댔다. 이제 동점이었다. 코넬대학 팀이 이길 가능성이 아주 높았다. 그리고 아이비 타이틀까지 가져가리라. 제기랄—, 내 퇴장 시간은 겨우 절반 밖에 지나지 않고 있었다.

링크 건너편 겨우 손바닥만 한 자리를 차지하고 있는 하버드 응원석은 침통한 표정으로 침묵에 빠져 있었다. 양측 관중들은 이미 나의 존재를 잊어버린 것 같았다. 관중 한 명만이 여전히 페널티 박스에서 눈을 떼지 않고 있을 뿐이었다. 그랬다. 그가 거기 있었다. *"회의가 제 시간에 끝나면, 코넬 팀과 하는 경기에 가보도록 하마."* 물론 응원은 하지 않고 있었지만 하버드 응원석에 앉아 있는 것은 올리버 배럿 3세였다.

얼음의 만(灣)을 가로지른 곳에는 한 무표정한 늙은이가 침묵에 싸인 채, 아들의 얼굴에서 마지막 핏방울이 반창고로 지혈되는 광경을 바라보고 있었다. 그가 무슨 생각을 하고 있을 것 같나? 쯧쯧 쯧─ 혀를 차거나 그와 비슷한 느낌의 말들을 떠올리고 있진 않을까?

"올리버, 그렇게 싸움을 좋아하면 왜 권투부로 출전하지 않는 거냐?"

"엑시터 고등학교에는 권투부가 없었어요, 아버지."

"네 아이스하키 시합에 오지 말걸 그랬다."

"아버지, 제가 아버지를 위해 싸우는 줄 아세요?"

"물론, 나를 위해 싸워달라고는 않는다."

하지만 그가 무슨 생각을 하고 있는지 누가 알겠는가? 올리버 배럿 3세는 걸어 다니는, 때로는 말도 할 줄 아는 러쉬모어 산(山)이었다. 석상(石像) 말이다.

아마도 늙은 석상은 평소 자신의 자아도취에 빠

져 있을 것이다. 나를 봐라, 오늘 저녁 하버드 관중들이 이렇게 적은데도 내가 그들 중 한 사람인 거야. 나, 올리버 배럿 3세는 은행을 운영하는 일들로 바쁜데도 이 지저분한 하키 게임을 보러 숨 쉴 새도 없이 코넬까지 온 거다. 얼마나 대단한 일이냐.(누굴 위해서?)

관중들이 다시 고함을 쳐대기 시작했다. 이번에는 그야말로 열광의 도가니였다. 코넬이 또 득점을 한 것이다. 그들이 앞서기 시작했다. 하지만 내겐 아직도 퇴장 시간이 2분이나 남았다. 데이비 존스턴이 화가 나 시뻘겋게 상기된 얼굴로 얼음판을 미끄러져 왔다. 그는 바로 내 옆을 지나치면서도 나를 쳐다 보지 않았다. 그리고 그의 눈에는 눈물이 고여 있었다! 아무리 타이틀이 걸린 경기라지만, 제길 눈물까지 흘리다니! 그러나 우리 팀의 주장 데이비로서는 믿을 수 없는 순간이 다가오고 있었다. 고등학교와 대학을 합한 7년 동안 그의 팀은 단 한 번도 패배한 적이 없었다. 그것은 작은 전설이 되고 있었다. 더구나 그로서는 4학년 마지막 시합이었기 때문에 우리는 최선을 다 한 경기였다. 그런데도 우리는 6대 3으로 깨지고 말았다.

경기가 끝난 뒤 X레이를 찍어보았다. 뼈가 부러진 곳은 없었다. 하지만 의학 박사인 리처드 셀저는 내 뺨을 열두 바늘이나 꿰매야 했다. 잭키 펠트는 코넬 의사에게 내가 얼마나 음식 섭취를 잘못했으며, 이렇게 된 이유는 전적으로 내가 충분히 염분을 섭취하지 못했기 때문이라고 지껄이며, 의료실 주위를 뱅뱅 돌고 있었다. 셀저는 잭키를 무시하고 하마터면 안와(眼窩)의 기저부(이건 의학 용어다)가 손상될 뻔했다고 엄격히 경고하고 일주일 동안 운동을 쉬는 것이 가장 현명한 처사라고 말했다. 난 고맙다고 했다. 영양 섭취가 어쩌고저쩌고 하며 펠트는 그를 뒤따라 나갔다. 난 혼자 있게 되자 기뻤다.

욱신거리는 얼굴에 물이 젖지 않도록 조심을 하며 나는 천천히 샤워를 했다. 노보카인(국부 마취약)의 효력이 점차 떨어지고 있었으나 아픔을 느끼는 것이 어쩐지 흐뭇하기까지 했다. 내가 완전히 망쳐 놓았지 않았나? 우리는 타이틀도 날려버렸고 우리들 각자의 연승 전통(4학년들은 모두 한 번도 져본 적이 없었다)과 함께 데이비 존스턴의 기록도 깨뜨려버렸다. 전적으로 내 탓은 아니었지만, 샤워를 하고 있는 그 순간만큼은 내 책임인 것처

럼 느껴졌다. 라커룸에는 아무도 없었다. 틀림없이
그들은 이미 모텔에 가 있을 것이다. 아무도 나를
만나고 싶거나 말을 걸고 싶지 않을 것이다. 입안
에 진저리치게 쓰디쓴 맛을 느끼면서―그렇게 느
낄 수밖에 없어 기분이 지독하게 나빴다―운동 장
구를 챙겨 밖으로 나왔다. 뉴욕 주 북부의 겨울처
럼 쌀쌀한 그 벌판 바깥에는 하버드의 팬들이 그
리 많지 않았다.

"빰은 어때, 배럿?"

"좋아요. 고맙습니다, 젠크스씨."

"스테이크가 먹고 싶을 걸."

귀에 익은 또 다른 목소리가 들려왔다. 올리버
배럿 3세였다. 눈이 멍들었는데 그런 구닥다리 치
료법을 제안하다니, 정말 그 노인다운 생각이었다.

"고맙습니다만, 아버지. 벌써 의사가 알아서 치료
해 줬어요."

나는 셸저가 열두 바늘을 꿰맨 상처를 덮고 있는
가제를 가리켰다.

"배가 고프지 않냐는 말이다."

저녁 시간에는 무의미한 대화의 연속이었다.

"몸은 어떠냐?"

"좋아요, 아버지."

"얼굴은 아프지 않느냐?"

"안 아파요, 아버지."

실은 미칠 정도로 아파 왔다.

"월요일에 잭 웰스에게 봐달라고 해야겠다."

"그러실 필요 없어요, 아버지."

"그 사람은 전문의야."

"코넬의 의사도 수의사는 아니던데요."

난 전문가니 숙련가니 '일류'라는 것들에 속물적인 집착을 보이곤 하는 아버지의 기를 꺾어놓기 위해 그렇게 말했다.

"그거 유감인걸. 넌 짐승 같은 상처를 입었으니."

올리버 배럿 3세가 이렇게 말했다. 그의 유머에 첫 번째 일격을 맞은 것이다.

"그렇군요, 아버지."

내가 말했다.(낄낄 웃어 주었어야 했나?)

그리고 난 아버지의 조롱 섞인 말이 빙판에서 내가 한 행동을 넌지시 책망하고 있는 것은 아닌지 궁금했다.

"혹시 오늘 저녁에 제가 짐승처럼 행동했다는 뜻은 아니겠죠?"

내가 질문했다는 사실이 즐거운지 그의 표정엔

즐거운 빛이 감돌았다. 하지만 엉뚱한 답이었다.

"수의사를 들먹거린 것은 너야"

아버지는 간단히 대답 할 뿐이었다. 이 시점에서
난 메뉴나 살펴보기로 했다.

메인 코스가 나오는 동안, 늙은 석상은 극도로
단순한 또 다른 짧은 설교를 진행 중이었다. 이번
것은, 내가 기억해보건대-물론 기억하고 싶지 않
지 만-승리와 패배에 관한 것이었다. 그는 우리가
타이틀을 빼앗겼다고 지적했고(아주 날카로우시군
요, 아버지), 하지만 스포츠에서 정말 중요한 것은
승리가 아니라 경기 자체라고 말했다. 그가 올림픽
표어를 재해석하고 있는 것은 아닌 가 의심스러웠
다. 그리고 나는 이 말이 아이비 타이틀을 하찮은
경기로 평가 절하시키는 서곡이었음을 알아차렸다.
그러나 나는, "예, 아버지." 그가 바라는 이 말만
마치고 입을 다물었다. 그가 곧이어 또 다른 '올림
픽 표어'를 들먹일까 싶었기 때문이었다.

우리 사이에 평상시에 늘 나누곤 하던 이야기가
오가고 있었다. 이야기의 주제는 늙은 석상이 좋아
하는 그 지루하기 그지없는 '나의 계획'에 관한 것
으로 옮아가고 있었다.

"올리버, 법과대학에서 무슨 소식 없었니?"

"사실, 아버지. 난 법과대학에 가기로 확실히 결정한 것도 아니에요."

"난 그저 법과대학에서 널 받아들이기로 확실히 결정한 것인지 묻고 있을 뿐이다."

이번 것도 말재간일까? 아버지의 화려한 장밋빛 수사학에 웃어 보이기라도 해야 하나?

"아니에요, 아버지. 아무 소식도 못 들었어요."

"네가 프라이스 짐머만에게 전화를 걸 수도 있는데…."

"안돼요!"

즉각 나는 반사적으로 그의 입을 가로막았다.

"제발, 아버지."

"압력을 가하려는 건 아니야. 그냥 물어보는 거다."

올리버 배럿 3세는 매우 솔직하게 말했다.

"아버지, 전 모든 대학으로부터 통지문을 받고 싶어요. 제발."

"그래, 물론, 좋을 대로 해라."

"고맙습니다, 아버지."

"그리고 네가 못 들어갈 것 같지도 않고 말야."

이렇게 그는 덧붙였다.

올리버 3세는 칭찬의 말을 할 때도 어째서 나를 어떻게든 헐뜯으려고만 하는 걸까.

"꼭 그렇지만은 않죠. 그 대학들은 결정적으로 아이스하키 팀이 없을 테니까요."

왜 나는 스스로 자신을 비하시키는 것일까. 아마도 그가 나와는 상반되는 견해를 취하고 있었기 때문일 거다.

"네 소질이 그것 뿐만은 아니잖아."

올리버 배럿 3세는 이렇게 말했으나, 그게 무슨 뜻인지는 명확히 밝히려 들지는 않았다(그가 밝힐 수 있었는지도 의심스럽지만).

음식 역시 대화만큼 지겨운 것이었다. 롤빵이 식탁에 오르기 전에도 신선한 맛이 없을 거라는 건 미리 예측할 수 있었지만, 아버지가 또 어떤 재미없는 화제를 내 앞에 내놓을지는 결코 예측할 수 없었다.

"그리고 평화봉사단은 언제나 있으니까 말이지."

그가 전혀 뜻밖의 말을 꺼냈다.

"뭐라구요?"

그가 자신의 견해를 말하고 있는지, 내게 무언가를 물어보고 있는지 나는 확실히 감지할 수 없었다.

"난 평화봉사단이 좋은 거라 생각한다. 안 그러나?"

"글쎄요. 전투사단보다는 확실히 낫겠죠."

내가 받아쳤다.

우리는 대등했다. 난 그의 속셈을 몰랐고 그도 내 속셈을 알아차리지 못했다. 이걸 화제라고 내놓은 걸까? 아니면 지금부터 다른 시사문제나 정부의 정책에 대해 토론이라도 하자는 것일까? 아니다. 우리의 전형적인 주제는 언제나 '나의 계획'이라는 사실을 난 잠시 잊고 있었던 것이다.

"네가 평화봉사단에 들어가는 걸 절대 반대하지 않을 거다, 올리버."

"저도 동감이에요, 아버지."

짐짓 아량을 베푸는 듯한 그 특유의 태도에 장단을 맞춰주었다. 석상 영감이 어차피 내 말을 전혀 듣지 않을 것이 확실했기 때문에, 그가 나의 조용하고 사소한 빈정거림에 반응을 보이지 않는 데 대해 나는 놀라지 않았다.

"그렇지만 네 동급생들 사이에서는 말이다."

그는 계속 말했다.

"그걸 어떻게 생각하느냐?"

"예?"

"그들은 평화봉사단이 자기들 인생과 어울린다고 생각하느냐?"

"그럼요, 아버지."

내 아버지는 물고기가 물을 필요로 하듯 이 대답을 듣길 원했을 것이다.

사과 파이마저도 걸레를 씹는 맛이었다.

11시 30분쯤에 나는 그가 자동차를 세워 놓은 데 까지 그를 배웅했다.

"뭐 내가 도와줄 일은 없느냐?"

"없어요, 안녕히 가세요, 아버지."

그는 차를 몰고 떠났다.

뉴욕 주의 보스턴과 이타카 간에는 비행기편이 있다. 그러나 올리버 배럿 3세는 운전을 선택했다. 그렇게 몇 시간 씩 차를 몰고 여기까지 와 주는 것이 아버지로서 내보일 만한 일종의 선전 행위 때문이었다고는 생각되지 않는다. 아버지는 그저 드라이브를 좋아할 뿐이다. 그것도 고속 드라이브를…

밤의 그 시간대면 애스턴 마틴 고속도로에서는 머리칼이 곤두설 속도로 달릴 수 있다. 올리버 배럿 3세는 지난 해 우리가 코넬을 격파하고 타이틀을 거머쥔 날 밤에 세웠던 그의 이타카-보스턴 간의 주파 기록을, 오늘 밤 깨어버리려고 작정하고 있음은 의심의 여지가 없다. 그가 시계를 흘끗 들여다보고 있는 걸 난 보았던 것이다.

나는 모텔로 돌아가 제니에게 전화를 걸었다.

그것이 그날 밤으로서는 유일하게 기분 좋은 시간이었다. 시합 때 싸운 이야기(싸움의 본질적이고 정확한 원인은 생략해 버리고)를 모두 해주었더니 그녀는 좋아했다. 몇 안 되는 그녀의 약해빠진 음악대학 친구들은 주먹질을 주고받는 일은 하지 않을 테니까.

"널 때린 친구만큼은 혼내주었겠지?"

그녀가 물었다.

"당연하지. 완전히 뭉개놓았지."

"봤더라면 좋았을 텐데, 예일과 시합할 때도 누군가를 패줄 거지, 응?"

"그럼."

나는 웃었다. 인생에서 이처럼 순진한 것들을 그녀는 얼마나 사랑했던가!

4

>>-·-<<

"제니는 아래층에서 전화 중인데요."

월요일 밤에 브리그스 기숙사로 갔을 때다. 내가
이름이나 용건을 밝히지 않았는데도 안내실 아가
씨가 이렇게 알려주었다. 난 이것이 내게 유리하게
작용하는 것이라고 재빨리 결론을 내렸다.

내게 인사를 건넨 래드클리프 여학생이 분명한
그녀는 〈크림슨〉을 읽고 있었다. 그래서 내가 누구
인지 알고 있었던 것이다. 좋아, 이런 적은 많았다.
더욱 기분 좋은 것은 제니가 나와 만나고 있다는
사실을 이 여학생도 알고 있다는 것이다.

"고마워요. 여기서 기다리죠 뭐."

"코넬 팀이 너무 했더군요. 〈크림슨〉에는 네 사
람이 그쪽을 덮쳤다고 나왔던데요."

"그러고도 벌칙은 내가 받았죠. 5분간이 나."

"그랬군요."

친구와 팬의 차이는? 후자의 경우에 대화 밑천이 금방 바닥이 나버린다는 것이다.

"제니는 아직도 전화하고 있어요?"

"네."

그녀는 교환대를 살펴보고 대답했다. 제니가 나와의 데이트를 제쳐놓고 이 시간에 전화를 할 수 있는 사람이 누구일까? 음악을 하는 약골 녀석일까? 애덤스 하우스의 4학년생이며 바흐 협회 관현악단의 지휘자인 마틴 데이빗슨이라면 나도 모르는 친구가 아니었다. 그 친구는 자기가 제니의 관심을 독점할 특권이라도 가지고 있는 것처럼 생각하고 있었다. 육체적 관심은 말도 안 된다. 나는 그 녀석이 지휘봉보다 큰 것을 휘두를 수 있다고는 생각하지 않는다. 하여간 이렇게 내 시간을 계속 강탈하게 내버려둘 순 없다. 브레이크를 걸어야지.

"전화부스가 어디 있죠?"

"모퉁이를 돌아서요."

그녀는 정확한 위치를 가리켜 주었다. 나는 휴게실로 슬렁슬렁 걸어갔다. 멀찍이 전화기에 달라붙어 있는 제니를 볼 수 있었다. 전화 부스 문은 열려져 있었다. 나는 그녀가 내 붕대들과 심하게 다친 내 모습을 발견하고 수화기를 내팽개치고 내

품안으로 뛰어들기를 기대하면서 느릿느릿 태연스럽게 걸었다. 내가 다가갔을 때, 전화 내용을 몇 토막 들을 수 있었다.

"그럼요. 물론이죠! 진심으로요. 아, 저도 그래요, 필. 저도 사랑해요, 필."

난 걸음을 딱 멈췄다. 누구하고 얘기하고 있는 거야? 데이빗슨은 아니었다. 그의 이름에 '필'이 들어가지 않는다. 난 오래 전에 그의 학생 카드를 조사해 본적이 있다. 마틴 유진 데이빗슨, 뉴욕 리버사이드 드라이브 70번지, 음악 예술 고교 졸업. 사진으로 보았을 때 감수성과 지성이 돋보였고 몸무게는 나보다 50파운드쯤 가벼워 보였다. 하지만 왜 내가 데이빗슨 때문에 고민하는 것이지? 분명 그와 나 두 사람은 지금 동시에 제니퍼 카빌레리에게 퇴짜 맞고 있지 않은가. 지금 이 순간 그녀는 전화기에 대고 다른 놈에게(얼마나 음탕한가!) 키스를 보내고 있는 것이다!

나와 겨우 48시간 밖에 떨어져 있지 않았었는데 필이라는 어떤 개자식이 제니를 끌고 침대 속으로 기어들어간 것이다(틀림없이 그랬을 것이다).

"그래요, 필, 저도 사랑하고 있어요. 안녕."

수화기를 내려놓으며 그녀는 나를 발견했다. 아

무렇지도 않다는 듯, 낯 한 번 붉히지 않은 얼굴로 빙그레 웃으며 손짓으로 내게 키스를 보냈다. 어떻게 저렇게 두 얼굴을 할 수 있을까?!

그녀는 나의 다치지 않은 쪽 뺨에 가볍게 키스를 했다.

"야ー 무서운 얼굴을 하고 있네."

"다쳤어, 제니."

"상대방은 사정이 더 안 좋아 보이겠지?"

"그럼. 상당히. 난 언제나 상대방을 더 형편없이 만들어 놓거든."

난 어떤 연적이라도 주먹을 날려 버릴 수 있다는 의미로 가능하면 험악하게 말했다. 내가 멀리 떨어져 있거나 내가 신경을 못 쓰고 있는 것처럼 보이는 틈을 타 제니를 끌고 침대로 들어가는 녀석 말이다.

그녀는 내 옷소매를 움켜쥐었고, 우리는 문 쪽으로 걸어갔다.

"안녕, 제니."

안내실 여학생이 인사했다.

"안녕, 사라 제인."

제니도 인사를 해주었다.

우리는 밖으로 나왔다. 내가 나의 MG에 막 오르

려 할 때였다. 나는 저녁 공기를 가슴 가득 들이마
시고 나서 되도록 태연하게 물었다.

"그런데, 젠…"

"왜?"

"저어— 필이 누구지?"

그녀는 차에 오르며 대수롭지 않다는 듯 대답했다.

"우리 아버지."

난 그따위 얘기가 믿어지지 않았다.

"제니는 자기 아버지를 필이라고 불러?"

"그게 그의 이름이니까. 넌 아버지를 어떻게 부
르는데?"

제니는 로드 아일랜드 주 크랜스턴에서 제과점을
하시는 아버지의 품에서 자랐다고 말한 적 있었다.
제니가 아주 어렸을 때 그녀의 어머니는 자동차
사고로 돌아가셨다. 그녀가 자동차 면허증이 없는
이유를 설명하며 그렇게 말했었다. 모든 면에서
"정말 좋은 친구"(그녀의 표현)는 외동딸에게 운전
대를 잡게 하기가 영 불안했다. 이 때문에 그녀는
고교 졸업반이었을 때 프로비던스에 있는 한 작자
에게 피아노 레슨을 받으러 다니기가 정말 힘들었
다고 했다.

"넌 아버지를 어떻게 부르냐니깐."

그녀가 다시 물었다.

난 딴 생각에 빠져 있어서 그녀가 묻는 말을 듣지 못했다.

"나의 뭐라구?"

"네 자신의 원판을 말할 때 어떤 단어를 사용하느냔 말야?"

난 한번쯤 써보고 싶다고 늘 생각하고 있던 단어로 대답했다.

"서너버비치(Sonovabitch : son of a bitch의 변형)."

"그의 얼굴에다 대놓고 그렇게 말해?"

"난 절대로 그의 얼굴을 보는 일이 없어."

"그분이 가면을 쓰나?"

"어떤 면에선 그래. 돌로 된 가면, 완전한 석가면 말야."

"더 이야기 해 봐―그 분 굉장히 어깨에 힘이 들어가겠는걸. 네가 하버드의 대단한 선수니까 말야."

난 그녀를 바라보았다. 결국 그녀는 아무 것도 모르리라.

"아버지도 굉장한 선수였어, 제니."

"아이비 연맹의 날개보다도?"

선수로서 나의 자질을 즐거워 할 줄 아는 그녀의 방식을 나는 좋아했다. 그러나 내 아버지의 경력을 말해줌으로써 내 자신의 주가를 떨어뜨려야 하는 것은 별로 마음에 들지 않았다.

"아버지는 1928년 올림픽에 1인승 스컬(조정 경기)선수로 출전했지."

"세상에. 우승하셨어?"

그녀가 놀라 물었다.

"아니."

내가 대답했다. 그가 결승전에서 6위로 들어왔다. 는 사실에 내가 오히려 안심하고 있다는 것을 그녀는 짐작할 수 있었을 것이다.

잠시 침묵이 흘렀다. 이제 제니는 올리버 배럿 4세 역할을 한다는 것이 하버드 교내의 칙칙한 석조 건물과 함께 산다는 것을 의미하지는 않는다는 사실을 이해했을 것이다. 그것은 또한 일종의 위협적인 압력을 의미하기도 하는 것이다. 운동선수로서 뭔가를 해내야 한다는 강박관념이 불안스럽게 작용한다는 뜻이다. 바로 나에게 말이다.

"하지만 그가 서너버비치라고 낙인찍힐 만한 무슨 일이라도 하셨어?"

"날 후무려."

내가 대답했다.

"뭐라구?"

"내게 강요한다구."

난 반복했다. 그녀의 눈이 접시만큼 커졌다.

"근친상간 같은 걸 말하는 거야?"

그녀가 물었다.

"너희 집 가정 문제를 내게 끄집어내지마, 젠. 내 일만으로도 힘겨우니까."

"무슨 일을 말하는 거야, 올리버?"

그녀가 다시 물었다.

"무엇을 그가 강요하는데?"

"옳은 일"

내가 대답했다.

"옳은 일이 뭐가 잘못 됐는데?"

그녀는 이 명백한 역설을 즐기듯 물었다.

배럿가(家)의 전통에 따라 프로그램 된다는 것이 얼마나 지긋지긋한 일인지 말했다. 내 이름 뒤에 숫자를 말해야 하는 것에 대해 내가 얼마나 비굴해 하는 가를 목격하고, 그녀는 이 사실을 깨달았을 것이다.

그리고 매 학기마다 몇 점이라도 오른 성적표를 건네야 하는 것도 난 진절머리가 났다.

"오 그래."

제니는 노골적으로 빈정거리며 말했다.

"아이비 연맹 선수이면서 A학점을 받아야 하는 것이 얼마나 싫은 일인지 알겠다."

"내가 싫은 것은 그가 그 점수 이하는 기대하지도 않는다는 거야!"

내가 늘 느끼는바(그러나 이전에는 입 밖에 낸 적은 없던)를 말하는 것은 미치도록 불편했지만, 이제는 제니에게 모든 것을 이해시켜야 했다.

"그리고 내가 그 점수를 받아내도 그는 전혀 무관심하지. 아주 당연하다는 듯이 말야."

"하지만 그는 바쁜 사람이잖아. 여러 은행을 운영해야 되고 다른 많은 일도 맡아보셔야 되고 말야."

"맙소사, 제니. 누구 편인 거야?"

"전쟁이야 이건?"

"확실히 그런 셈이지."

"말도 안 돼, 올리버."

그녀는 전혀 믿음이 가지 않은 모양이었다. 그리고 난 처음으로 우리 사이의 문화적 이질감을 느낄 수 있었다. 하버드 래드클리프에서 보낸 3년하고 반년이라는 세월은 그곳의 전통대로 우리를 아주 거만한 지식인으로 만들어 놓았지만, 우리 아버지가 돌로 만들어졌다는 사실을 받아들이는 단계에 이르면, 그녀는 어떤 격세 유전적인 이탈리아

지중해식 관념인 '파파 러브스 밤비노스'(부녀애)를 고집하는 탓에 달리 논의할 게 없었던 것이다.

난 적절한 예를 들어보려고 했다. 코넬 경기가 끝난 뒤의 그 터무니없는 멍청한 대화 말이다. 이것은 결정적으로 그녀의 마음을 움직였다. 하지만 전혀 엉뚱한 방향으로 말이다.

"그분이 그 지저분한 하키 시합을 보러 이타카까지 가셨단 말야?"

나는 아버지가 껍데기뿐이고 알맹이가 없는 사람이라는 것을 설명하려고 애썼다. 하지만 그녀는 그처럼(비교적) 하찮은 운동 경기를 보러 그가 그토록 먼 곳까지 여행했다는 사실에 여전히 집착하고 있었다.

"이봐, 제니. 우리 그런 건 잊어버리기로 해."

"아버지에게 매달린다는 사실을 신께 감사하라구."

그녀가 이어 말했다.

"그것은 네가 완벽하지 않다는 의미거든."

"오― 그러면 제니는 완벽하다는 뜻이야?"

"전혀 아니지, 예비교생. 내가 완벽하다면 자기와 데이트를 할 것 같아?"

우리는 평상시처럼 돌아왔다.

5

うぐ◆◇◆ぐ

우리들의 육체관계에 대해 한 마디 해 두어야 겠다.

이상하다 싶을 만큼 오랫동안 우리 사이엔 아무일도 없었다. 내 말은 내가 이미 언급한 키스들보다 심각한 데까지는 가지 않았다는 뜻이다(난 아직도 그 모두를 아주 세세히 기억하고 있다). 다소 충동적이고 인내심이 없고 즉각 행동으로 옮기는 체질이었으므로, 이것은 내게 정상적인 과정이라고는 할 수 없었다. 웰리스레이 타워 코트에서 열 명 정도 되는 아가씨들에게 올리버 배럿 4세가 3주일 동안 젊은 여자를 날마다 만나면서도 아직 자지 않았다고 말한다면, 그들은 틀림없이 폭소를 터트리며 그 여자의 여성적 매력에 대해서 심각하게 의문을 던질 것이다. 하지만 물론 사실은 전혀 달랐다.

나는 어떡해야 좋을지 몰랐다.

이 말을 잘못 이해하거나 너무 글자 그대로 받아들이지 말았으면 좋겠다. 난 온갖 수단을 알고 있었다. 단지 그 수단들을 이용하는 데 있어 내 자신의 감정을 조절할 수 없었던 것이다. 제니는 너무 세련되어서 내가 구닥다리처럼 여기고 있던 온화하고 로맨틱한(그리고 막무가내인) 올리버 배럿 4세의 이미지에 비웃음을 던질까 봐 두려웠던 것이다. 그렇다, 나는 거절당할까 봐 겁이 났던 것이다. 또한 엉뚱한 뜻으로 받아들여질까 봐 걱정스럽기도 했다. 내가 우물쩍거리며 말하고 있는 뜻은, 제니퍼에 대해 다른 감정을 가지고 있었다는 것, 그래서 무슨 말을 해야 할지, 그것에 대해 누구에게 물어봐야 할지도 몰랐다는 말이다. ("내게 물어 보지 그랬어." 나중에 그녀가 이렇게 말했다.) 나는 다만 내가 이런 감정을 가지고 있다는 것 밖에 몰랐다. 그녀를 위해서. 그녀의 모든 것을 위해서.

"시험 망치겠다, 올리버."

어느 일요일 오후에 우리는 내 방에서 책을 읽으며 앉아 있었다.

"올리버, 거기 앉아 내가 공부하는 거나 쳐다보고 있다간 낙제한다니깐."

"공부하고 있는 것을 보고 있는 게 아냐. 나도 공부하고 있어."

"거짓말 하지 마. 내 다리를 보고 있잖아."

"어쩌다 한번 볼 뿐이야. 장이 바뀔 때마다."

"그 책은 장들이 아주 짧나 보지?"

"이봐요, 자아도취에 빠진 아가씨. 자기 그렇게 대단하게 보이지 않아!"

"알아. 하지만 네가 그렇게 생각한다면 어떡하지?"

난 책을 집어던지고 방을 가로질러 그녀가 앉아 있는 곳으로 갔다.

"제니, 제발. 매 순간마다 자기와 자고 싶어 죽겠는데 어떻게 '존 스튜어트 밀'이 들어오겠어?"

그녀는 눈썹을 치켜 올리고 미간을 찌푸렸다.

"오, 올리버. 제발 이러지 좀 말아."

난 그녀의 의자 옆에 웅크리고 있었다. 그녀는 책으로 다시 눈을 돌렸다.

"제니—."

그녀는 책을 가만히 덮더니 밀어놓고 내 목 언저리에 두 손을 가져왔다.

"올리버— 이러지 좀 마."

모든 일이 순식간에 일어났다. 모든 일이.

우리의 육체적 관계는 우리가 처음 만났을 때 치렀던 입씨름과는 정반대였다. 전혀 서두르지도 않았고, 아주 부드러우면서도 아주 다정했다. 제니의 진정한 모습을 나는 전혀 모르고 있었던 것이다. 부드러운 여자, 그녀의 감촉은 아주 가볍고도 사랑스러웠다. 그런데 정말 놀라운 것은 나 자신의 반응이었다. 나도 다정하고 부드러웠다. 이것이 진정한 올리버 배럿 4세의 모습인가?

내가 암시했듯 제니의 스웨터의 단추가 하나라도 열려 있는 것을 난 결코 본 일이 없었다. 나는 그녀가 조그마한 금 십자가를 목에 걸고 있는 것을 발견하고 조금 놀랐다. 그것은 절대로 풀 수 없는 줄에 매달려 있었다. 이 말은 우리가 사랑을 나눌 때도 그녀는 여전히 금 십자가를 목에 걸고 있었다는 뜻이다. 쉬던 참이었던 그 감미로운 오후에, 즉 모든 것이 합일되면서도 동시에 아무런 연관이 없는 그 결정적인 순간의 한때에, 나는 그 조그만 십자가를 만지작거리며 우리가 이렇게 침대에 함께 있는 것을 보고 그녀의 신부가 뭐라고 말할까 하는 따위의 것들을 물어보았다. 그녀는 신부가 없다고 대답했다.

"하지만 제니는 착실한 가톨릭 여성이잖아?"

내가 물었다.

"글쎄, 난 여성이고 난 착실하지."

그녀는 동의를 구하듯 나를 바라보았고 나는 빙
그레 웃었다. 그녀도 내게 미소를 보냈다.

"셋 중에 둘은 맞은 거네."

그러자 나는 왜 용접까지 된 십자가를 지니고 있
느냐고 물었다. 그것은 그녀의 어머니가 지니고 있
던 것이기 때문이라고 했다. 그녀는 감상적인 이유
에서지 종교적인 이유로 그것을 걸고 있는 것은
아니라고 말했다. 다시 우리들 자신에 관한 얘기로
되돌아왔다.

"올리버, 내가 사랑한다고 말했어?"

그녀가 물었다.

"아니, 젠."

"왜 물어보지 않았어?"

"솔직히, 두려웠어."

"지금 물어 봐."

"날 사랑해, 제니?"

그녀는 나를 바라보면서 주저하지 않고 되물었
다.

"넌 어떻게 생각해?"

"어, 사랑한다고 생각해. 아마."

난 그녀의 목에 입을 맞추었다.

"올리버?"

"응?"

"난 널 그냥 사랑하지 않아…"

오, 하느님. 이 무슨 소리인가요?

"난 널 아주 사랑해, 올리버."

6

⇥⇥•◦•⇤⇤

　나는 래이 스트래턴을 좋아했다. 그는 천재이거
나 위대한 풋볼 선수는 아닐지 모르나(동작이 날
렵하지 못하고 둔한 편이었다), 언제나 좋은 룸메
이트였고 의리 있는 친구였다. 우리의 4학년 시절
대부분 동안 그 가엾은 친구의 고생은 눈물 나는
것이었다. 우리 방문 손잡이에 넥타이가 걸려 있는
것이 보일 때마다('내부 행위 중'이라는 전통적 신
호이다) 그는 어디로 공부하러 가곤 했을까? 분명
그는 그리 공부를 많이 하지는 않는 편이었으나,
때로는 안 할 수가 없었다. 아마도 그 녀석은 기숙
사 독서실이나 라몬트 도서관이나 어쩔 땐 피에타
클럽을 이용하였을 것이다. 하지만 제니와 내가 기
숙사 규칙을 어기면서 함께 있기로 한 토요일 밤
이면 그는 어디로 가서 잠을 청했을까? 래이는 꼽
사리 끼어 잘만한 장소를 찾아 헤매 다녀야 했다.

옆방 같은 데 말이다. 하지만 그것도 그 방주인들에게 아무 일이 없었을 경우에 한에서였을 것이다. 아무튼 바야흐로 풋볼 시즌은 지나간 뒤였다. 나도 레이에게 똑같은 서비스를 제공해 주어야 했다.

하지만 레이가 받은 보답은 무엇이었을까? 옛날 나는 내 연애의 승리에 관해 자질구레한 얘기를 그와 함께 나누었었다. 지금 그는 룸메이트로서 이러한 특권을 거부당하고 있었을 뿐만 아니라, 나는 제니와 내가 연인 사이란 사실도 밝히지 않았고 인정하려 들지도 않았다. 나는 그냥 우리가 언제 방이 필요할 것이라는 따위에 대해 그에게 지시만 할 뿐이었다. 스트래턴으로서는 자기가 연출하고 싶은 대로 상상의 나래를 펼칠 수밖에 없었다.

"내 말은 말야, 제길. 배럿, 거시기는 하고 있는 거야 아니야?"

그가 묻곤 했다.

"레이몬드, 친구로서 부탁인데 그것만은 묻지 말아줘."

"하지만 제길, 배럿. 오후마다 금요일 밤마다, 토요일 밤마다잖아. 염병할, 넌 그걸 하고 있는 게 틀림없어."

"그럼 뭐 하러 귀찮게 묻는 거야, 레이?"

"불건전하기 때문이다."

"뭐가?"

"모든 사태가 그래, 올. 내 말은 예전엔 절대 이러지 않았었단 뜻이야. 래이 형님을 모든 면에서 완전히 왕따시켰다는 뜻이라고, 이건 부당하단 말야. 불건전해, 제길, 그녀가 그렇게 색다른 거라도 해주는 거냐?"

"이봐, 래이. 성숙한 사랑을 하는 데에는…"

"사랑?"

"불결한 말이나 되는 것처럼 말하지 마."

"네 나이에? 사랑? 맙소사, 난 심히 염려스럽다, 이 친구야."

"뭐가? 내 정신 상태가?"

"네 독신 시절이. 너의 자유가. 너의 인생이!"

가엾은 래이. 그는 진정으로 말하고 있었던 것이다.

"룸메이트를 잃을까 봐 두려워서 그런 거지, 응?"

"개똥! 한편으로 내겐 룸메이트가 한 명 더 생긴 거라고요. 그녀는 여기서 죽치고 있다구."

난 연주회에 가기 위해 옷을 갈아입고 있는 중이었으므로 대화를 짤막하게 끝내야 했다.

"안달하지 마, 래이몬드, 우린 뉴욕에 있는 그 아파트로 가게 될 거야. 다른 밤, 다른 계집애들. 모두 끝내주자구."

"안달하지 말라고 말하지 마, 배럿. 그 여자가 널
홀려버린 거야."

"다 잘 알아서 하고 있으니 맘 푹 놓으라구."

난 넥타이를 고쳐 매고 문 쪽으로 걸어가고 있었
다. 스트래턴은 뭔가 석연치 않은 듯해 보였다.

"이봐, 올리?"

"응?"

"니들 거시기 하고 있는 거 맞지, 그렇지?"

"제발 그만 두라니깐, 스트래턴!"

이번 연주회에 내가 제니를 데리고 가는 것은 아
니었다. 연주회에 출연하는 그녀를 보러 가는 길이
었다. 바흐 협회가 던스터 하우스에서 브란덴부르
크 협주곡을 연주하기로 되어 있었다. 제니는 합시
코드 독주자로 출연한다. 물론 나는 그녀의 연주를
여러 차례 들어보았지만 합주를 하거나 공개적인
장소에서 연주하는 것은 들어보진 못했다. 정말로
나는 자랑스러웠다. 그녀는 내가 알아챌 만한 어떤
실수도 하지 않았다.

"정말 대단했어. 믿을 수 없을 만큼 말야."

연주회가 끝나고 내가 이렇게 말해주었다.

"그것으로 너의 음악적 소양이 입증된 셈이군, 예비 교생."

"나도 알 만큼은 알아."

우리는 던스터 하우스 앞마당에 서 있었다. 마침내 케임브리지에도 의심할 여지없이 봄이 왔음을 분명히 알 수 있는 그런 4월의 오후였다. 그녀의 동료 음악가들이 근처를 거닐고 있어서(내 쪽으로 보이지 않는 질투의 폭탄을 던지고 있는 마틴 데이빗슨도 포함해서), 난 그녀와 함께 건반에 관한 전문적 지식을 토론할 수 없었다.

우리는 메모리얼 드라이브 차도를 가로질러 강을 따라 걸었다.

"이것만은 알아 줘, 배럿. 내 연주는 괜찮았어. 하지만 대단하진 않았어. 아이비 연맹보다도 못해. 그냥 괜찮았을 뿐이야. 안 그래?"

그녀가 이렇게 겸손을 떠는데 내가 무슨 말을 더 할 수 있겠는가?

"그래. 넌 괜찮게 연주했어. 내 말은 단지 네가 늘 꾸준히 노력하기만 하면 된다는 뜻이야."

"오 세상에, 난 꾸준히 노력만 하려고 들지는 않았다구. 내가 나디아 블랑제와 함께 공부하게 됐다는 거 몰라?"

도대체 그녀는 무슨 말을 하고 있는 걸까? 그녀
가 갑자기 입을 다물어 버린 것으로 비추어 보았
을 때, 그녀가 꺼내고 싶지 않은 무언가가 있는 게
분명했다.

　"누구라고?"

　내가 물었다.

　"나디아 블랑제. 유명한 음악 교수야. 파리에 있는."

　그녀는 마지막 두 마디를 조금 빠르게 발음했다.

　"파리라고?"

　난 조금 천천히 물었다.

　"그녀는 미국 학생들은 거의 안 받는데, 난 운이
좋았던 거야. 확실한 장학금도 받았고 말야."

　"제니퍼, 파리에 갈 생각이야?"

　"유럽은 한 번도 안 가보았어. 가보고 싶어 미치
겠어."

　난 그녀의 어깨를 움켜잡았다. 너무 억세게 잡았
는지도 모르겠다.

　"이봐, 그건 언제 결정된 일인데?"

　처음으로 제니는 내 눈을 똑바로 바라보지 못하
고 있었다.

　"올리, 바보같이 그러지 마. 이건 어쩔 수 없는
거야."

"뭐가 어쩔 수 없다는 거야?"

"우린 졸업하면 각자의 길을 가게 될 건데 뭐. 넌 법과대학에 가게 될 거구."

"잠깐만, 지금 무슨 말을 하고 있는 거야?"

그제야 그녀는 내 눈을 쳐다보았다. 그녀의 얼굴은 슬퍼보였다.

"올리, 넌 예비 백만장자이고 난 사회적 배경이 전혀 없잖아."

난 여전히 그녀의 어깨를 쥐고 있었다.

"각자의 길을 간다는 말이 대체 무슨 말이야? 우린 이렇게 함께 있고, 우린 행복해."

"올리, 어리석게 굴지 마."

그녀는 되풀이해서 말했다.

"하버드는 산타클로스의 크리스마스 선물 자루와 같아. 거기엔 별 이상한 장난감을 쑤셔 박을 수 있지. 하지만 휴일이 끝나면 털털 털어 버리는…"

그녀는 망설였다.

"…그리고 각자 속해 있던 곳으로 되돌아가지."

"로드 아일랜드 크랜스턴으로 쿠키를 구우러 가겠다는 뜻이야?"

난 거의 자포자기해서 말했다.

"쿠키가 아니라 패스트리야. 그리고 우리 아버지

를 무시하는 말은 하지 말아 줘."

"그러니 내 곁을 떠나지 말란 말이야, 제니. 제발."

"내 장학금은 어떻게 하구? 평생을 두고 한 번도 못 가본 파리는 어떻게 하구?"

"우리들의 결혼은 어떻게 되지?"

이 말을 한 것은 나였지만, 잠깐 동안은 정말 내가 한 말인지 의문스러울 정도였다.

"누가 결혼에 관해서 뭐라 말한 적 있어?"

"내가. 내가 지금 말하고 있잖아."

"나하고 결혼하고 싶은 거야?"

"그래."

그녀는 고개를 갸웃하더니 웃지는 않고 묻기만 했다.

"왜?"

나는 그녀의 눈을 똑바로 바라보았다.

"왜냐면,"

"됐어, 그것만으로 충분한 이유가 돼."

그녀는 나의 팔을 잡았고(이번에는 옷소매가 아니었다), 우리는 강을 따라 걸었다. 더 이상 할 말은 없었다. 아무 것도.

7

>>—•—<<

　미스틱 강 다리에서 매사추세츠의 입스위치까지
는 날씨와 차를 어떤 식으로 모느냐에 따라 다르
겠지만, 약 40분쯤이면 갈 수 있는 거리이다. 나는
가끔 실제로 29분에 주파한 적도 있었다. 보스턴
의 어느 유명한 은행가는 그보다 더 짧은 시간에
주파했다고 우긴 적이 있었지만, 다리에서 배럿가
(家)까지 30분 이내에 달렸다는 사람이 있다면,
사실과 꿈을 혼동하는 것일 터이다. 난 29분이 절
대적 한계점이라고 여겨졌다. 1번 도로의 교통 신
호를 무시할 수 없다는 말이다.

　"미친 사람처럼 차를 모는군."

　제니가 말했다.

　"여긴 보스턴이야. 누구든 여기선 미치광이처럼
차를 몰지."

　바로 그때 우리는 1번 도로의 붉은 신호등에 걸

려 차를 멈추고 있었다.

"네 부모가 우리를 죽이기 전에 네가 우리를 죽이겠어."

"이봐, 젠, 우리 부모는 사랑스런 사람들이라고."

신호등이 바뀌었다. MG의 속도계는 10초도 안 돼 60마일을 가리켰다.

"서너버비치 씨도?"

그녀가 물었다.

"누구라고?"

"올리버 배럿 3세."

"아, 그는 좋은 사람이야. 너도 그를 진짜 좋아하게 될 거야."

"그걸 어떻게 알지?"

"모든 사람이 그를 좋아하니까."

"그럼 넌 왜 좋아하지 않는데?"

"모든 사람이 그를 좋아하기 때문이지."

도대체 난 무엇 때문에 그녀를 그들과 만나게 하려 데리고 가는 것일까? 그 석상 영감의 축복이나 다른 무엇이 내게 정말 필요한 것일까? 어떤 면에서는 그녀가 바랐기 때문이고("그래야 되는 거야, 올리버"), 또 다른 측면에서는, 아주 넓은 의미에서 올리버 배럿 3세가 나의 은행주라는 단순한 사

실 때문이다. 그 염병할 등록금이라는 것을 그가
대주고 있는 것이다.

일요 만찬이라도 가져야 하지 않겠는가? 그게 예
절에 부합한 거니까, 정말? 일요일, 1번 도로에는
별 너저분한 운전사들이 몰려들어 우리 길을 막고
있었다. 나는 주도로에서 차를 빼내 그로턴 가도로
진입시켰다. 이 길이라면 내가 13살 때부터 신나
게 달리기 시작한 도로였다.

"이 근처엔 집들이 보이지 않네. 나무뿐이야."

제니가 말했다.

"집들은 나무들 뒤에 있지."

그로턴 가도를 내리 달릴 때에는 아주 주의하지
않으면 안 된다. 우리 집으로 가는 샛길을 놓치기
쉽기 때문이다. 그날 오후에도 난 그 진입로를 지
나치고 말았다. 급브레이크를 끽하고 밟았을 때는
이미 차는 300야드를 벗어난 곳에 멈추고 있었다.

"여기가 어디야?"

그녀가 물었다.

"지나쳤어."

난 멍한 상태에서 중얼거렸다.

우리 집의 입구 쪽으로 300야드를 다시 되돌아
왔다. 이 사실에는 어떤 상징적인 의미라도 있는

것일까? 어쨌든 우리가 배릿 저택에 들어서자 난 천천히 차를 몰았다. 그로턴 가도에서 도버 저택의 본채까지는 적어도 반마일은 된다. 그 도중에 다른… 그렇다, 건물들을 지나치게 된다. 처음으로 이 것을 보는 사람이라면 몹시 강렬한 인상을 받게 될 것이다.

"이게 뭐야!"

"왜 그래, 젠?"

"차 세워, 올리버. 놀리지 마. 멈추라니깐."

난 차를 멈췄다. 그녀는 내게 매달렸다.

"야, 난 이 정도인지는 몰랐어."

"이 정도라니?"

"이렇게 부자인지는 몰랐다고, 여긴 아마 농노가 살고 있겠지?"

난 손을 뻗어 그녀를 진정시키고 싶었지만 내 손 바닥은 땀이 배어 있어서(정상적인 상태가 아니었기 때문에) 말로 안심을 시켰다.

"안심하라고, 젠. 별거 아니라고."

"응, 하지만 왜 내 이름이 애비게일 애덤스나 웬디 와습이었더라면 좋았을 거라는 생각이 갑자기 드는 걸까?"

우리는 남은 길을 아무 말 없이 차를 몰았다. 차

를 세우고 현관 층계를 올라갔다. 초인종을 누르고 안에서 응답이 있기를 기다리는 동안, 제니는 마지막 순간의 공포에 무릎 꿇고 말았다.

"도망가자."

그녀가 말했다.

"남아서 싸우자."

내가 말했다.

우리들 중 누군가 농담을 하고 있었을까?

배럿가의 충실하고 오래된 하인 플로렌스가 문을 열었다.

"아, 올리버 도련님."

그녀가 나에게 인사했다. 제기랄, 그런 식으로 부르는 게 얼마나 싫은데! 나와 석상 영감 사이에 은연중 경멸적인 차별을 두는 것이 정말 싫었다.

부모님이 서재에서 기다리고 있다고 플로렌스가 알려주었다. 제니는 우리가 지나치는, 벽에 걸린 초상화들을 보고 깜짝깜짝 놀라고는 했다. 그림들 중에는 존 싱거 서전트가 그린 것도 있다는 사실뿐만 아니라(특히 가끔 보스턴 미술관에서 전시되곤 하는 올리버 배럿 2세), 우리 조상이 모두 배럿이라는 성을 가진 것은 아니라는 새로운 사실을 알았기 때문이었다. 결혼을 잘해서 배럿 윈드롭,

리차드 배럿 시월, 그리고 애보트 로렌스 라이먼 같은 사람들을 길러 낸 배럿가의 근엄한 여인들의 초상화도 있었다. 애보트 로렌스 라이먼은 일평생 배럿이라는 성을 이름 한가운데 끼우지 않고 살았으면서도('배럿'과 은연중에 동의어가 되어버린 하버드 대학을 나와), 노벨상을 탄 화학자가 될 정도로 당찼던 사람이었다.

"맙소사. 하버드 대학 건물들 중 절반은 여기 걸려 있는 이름들이네."

"모두 쓰레기들이야."

"네가 시월 보트 하우스와도 친척이란 사실은 몰랐어."

"그래. 나는 나무와 돌의 기다란 족보를 타고 내려온 셈이지."

기다란 초상화의 행렬이 끝나고 서재로 들어가는 모퉁이 바로 앞에 유리 상자 하나가 놓여 있었다.

상자 속에는 트로피가 보였다. 운동 경기의 트로피들이다.

"굉장한데, 진짜 금이나 은처럼 보이는 트로피들은 처음 봐."

"그거 진짜들이야."

"세상에. 자기 거야?"

"아니. 그의 것이지."

올리버 배럿 3세가 암스테르담 올림픽에서 입상을 하지 못한 것은 기록상 명백한 사실이었다. 그러나 그가 다른 여러 조정 경기에서 괄목할 만한 승리를 거둔 것 또한 엄연한 사실이었다. 많은 대회에서 여러 번, 광택을 발하는 증거물들이 지금 제니퍼의 휘둥그레진 눈앞에 진열되어 있는 것이다.

"크랜스턴 볼링 연맹전에서는 저런 걸 안 주는데."

그리고 그녀는 의미심장한 말을 던졌다.

"자기도 트로피가 있어, 올리버?"

"그럼."

"상자 속에?"

"저 위 내 방에 있어. 침대 밑에."

그녀는 내가 맘에 들어 하는 그런 표정들 중 하나를 지어 보이며 속삭였다.

"이따 같이 보러가, 응?"

내가 대답은커녕 제니가 내 침실에 가보고 싶다는 속뜻마저도 알아차리기 전에 우리는 이야기를 중단 당했다.

"아, 왔구나."

서너버비치! 서너버비치 씨였다.

"아, 안녕하세요. 이쪽은 제니퍼…."

"아 잘 왔어요."

나의 소개말도 끝나기 전에 그는 그녀와 악수를 하고 있었다. 나는 그가 은행가 티를 내는 평소의 옷차림을 하고 있지 않음을 깨달았다. 올리버 3세는 사치스러운 캐시미어 스포츠 상의를 입고 있었다. 게다가 늘 바위덩이만 같던 얼굴에 무언가 음흉한 미소마저 띠고 있는 것이었다.

"자 들어와서 배릿 부인을 만나 봐요."

평생에 한 번 겪을까 말까한 스릴이 제니를 기다리고 있었다. 앨리슨 포브스 '팁시'(주정뱅이) 배릿을 만나는 일 말이다. (내게 심술궂은 생각이 들 때면, 나는 어머니가 지금처럼 열성적이고 의젓한 박물관 이사 따위가 되어 있지 않았다면, 여학교 시절의 이 별명은 지금쯤 그녀에게 어떤 영향을 미쳤을까 생각해보곤 한다.) 기록에 의하면 팁시 포브스는 대학을 마치지 못한 것으로 되어 있다. 2학년 때에 부모의 넘치는 축복을 받으며 올리버 배릿 3세와 결혼하기 위해 스미스 여자 대학을 중퇴하고 말았던 것이다.

"집사람 앨리슨이오. 이쪽은 제니퍼."

제니를 소개할 내 역할을 그는 벌써 가로채고 말

았다.

"칼리베리예요."

나는 석상 영감이 그녀의 성을 모르고 있기에 덧붙여 주었다.

"카빌레리예요."

내가 틀리게 가르쳐주었기 때문에 제니는 정중히 바로잡았다. 개떡같이, 내 인생에서 처음으로 그리고 단 한 번 그녀의 이름을 잘못 발음한 것이다.

"카빌레리아 루스티카나와 같은 이름이군요."

어머니는 물었다. 지금은 이렇게 들어앉아 있지만, 아직도 교양은 훌륭히 갖추고 있다는 것을 증명하려는 것 같았다.

"맞아요."

제니는 그녀에게 미소를 보냈다.

"친척은 아니구요."

"아."

어머니 외마디.

"아."

잇따른 아버지의 반응에 나는 두 분이 모두 제니의 유머를 알아차렸을까 싶었다. 줄곧 궁금하면서도 나도 역시 "아?" 하고 덧붙였을 뿐이다.

어머니와 제니는 악수를 했고, 이 집에서는 절대

로 그 이상 진전이 없는 판에 박힌 시시한 인사가 오간 뒤 모두 자리를 잡고 앉았다. 모두들 말이 없었다. 무슨 일이 벌어지고 있는지 나는 짐작해보려 했다. 틀림없이 어머니가 제니퍼를 저울질해보고 있는 것이다. 그녀의 옷차림(오늘은 보헤미안 스타일이 아니었다), 자태, 품행, 그리고 발음을 하나하나 살피고 있었다. 그것에 직면하여 가장 얌전을 빼야하는 순간에도 제니는 크랜스턴의 사투리를 빠뜨리지 않고 있었다. 아마 제니도 어머니를 저울질하고 있었을 것이다. 여자들이란 모두 그렇다는 말을 들은 일이 있다. 그렇게 함으로써 자기가 결혼할 남자의 본색을 들여다볼 수 있다는 것이다. 그녀는 올리버 3세도 역시 관찰하고 있는지도 모른다. 그가 나보다 키가 크다는 것을 눈치 챘을까? 그의 캐시미어 재킷이 맘에 들었을까? 물론 올리버 3세는 평소처럼 나에게 집중 공격을 퍼부을 것이 틀림없다.

"그래, 재미가 어떠냐, 얘야?"

로즈 장학금 수령자치고는 말솜씨가 형편없었다.

"좋습니다, 아버지. 좋아요."

장단을 맞추듯 어머니도 제니퍼에게 인사말을 건넸다.

"오는 동안 여행은 즐거웠어요?"

"네, 즐겁고 빨랐어요."

"올리버는 빨리 몰지."

석상 영감이 끼어들었다.

"아버지만큼은 빠르지 못해요."

내가 대꾸했다.

"어~ 그렇지. 나도 그렇게 생각한다만."

그렇긴 뭐가 그렇단 말입니까, 아버지. 어떤 경우에도 항상 아버지 편만 드는 어머니는 좀 더 일반적인 화제-음악이 아니면 미술-로 말머리를 돌렸다. 나는 별로 열심히 듣고 있지 않았다. 그리고 나의 손에는 찻잔이 들려졌다.

"고맙습니다, 하지만 우린 곧 가야해요."

"어?"

제니였다. 그들은 푸치니니 뭐니 하는 이야기를 하고 있어서 내 말이 어지간히 엉뚱하게 들렸던 모양이었다. 어머니는 나를 쳐다보았다(이런 일은 흔치 않다).

"하지만 너희들, 저녁 식사를 하러 온 게 아니냐?"

"어, 안 되겠어요."

내가 말했다.

"물론이죠."

제니가 동시에 말했다.

"난 돌아가야만 돼."

나는 제니를 보고 진지하게 말했다.

제니는 나에게 "도대체 왜 그래?" 하는 표정을 지어 보였다. 이때 석상 영감이 판결을 내렸다

"저녁을 들고 가거라. 이건 명령이다."

이 말이 반드시 명령은 아니라는 듯, 그의 얼굴엔 가식적인 미소가 흘렀다. 올림픽 결승전에 나갔던 사람의 입에서 나온 말일지라도 난 그런 바보 같은 말을 받아들이지는 않는다.

"안되겠어요, 아버지."

내가 대답했다.

"그래야 해, 올리버."

제니가 말했다.

"왜?"

내가 물었다.

"난 배가 고프니까."

그녀가 말했다.

올리버 3세의 의사에 따라 우리는 식탁에 앉았다. 그는 머리를 숙였다. 어머니와 제니도 따라 고개를 숙였다. 나는 고개를 약간 수그렸다.

"우리에게 일용할 양식을 주옵시고 우리로 하여금 당신을 예배케 하옴을 감사하오며 우리가 항상 남의 궁핍을 잊지 않도록 이끌어 주시옵소서. 당신의 아들 예수 그리스도의 이름으로 기도드리나이다, 아멘."

맙소사. 나는 굴욕을 느꼈다. 이럴 때 한번쯤이라도 그는 기도를 생략할 수는 없는가? 제니가 뭐라고 생각하겠는가? 제기랄, 이건 암흑시대로 뒷걸음치는 격이다.

"아멘."

어머니가 말했다(제니도 아주 가늘게 따라 했다).

"게임 시작!"

나는 일종의 흥을 돋우기 위해 그렇게 말했다.

아무도 재미있어 하지 않았다. 제니의 반응은 가장 심각했다. 그녀는 나를 외면해 버렸다. 올리버 3세는 나를 흘끗 쳐다보았다.

"때로는 너도 우리와 맞춰주었으면 좋겠구나, 올리버."

우리는 식사 시간 내내 줄곧 침묵만 지킨 것은 아니었다. 어머니가 뭔가 이것저것 화제를 끄집어 낸 덕분이었다.

"그럼, 가족은 크랜스턴 출신이군요, 제니."

"대체로요. 어머니는 폴 리버에서 오셨구요."

"폴 리버에는 우리 공장이 있어요."

올리버 3세가 말했다.

"거기서 여러 세대 동안 가난한 사람들을 착취해 왔지."

올리버 4세가 덧붙였다.

"19세기 때의 일이지."

올리버 3세가 다시 덧붙였다.

어머니가 이 말에 빙그레 미소를 지었다. 자기 편 올리버가 이번 세트에서 이겼음을 기뻐하고 있음이 분명했다. 그러나 그렇게는 안 될걸.

"그 공장을 자동화하려는 계획은 어떻게 됐습니까?"

나는 반격했다.

잠시 침묵이 감돌았다. 나는 어떤 결정적인 반격을 기다리고 있었다.

"커피라도 들까요?"

앨리슨 포브스 팁시 배럿이 말했다.

우리는 서재로 몰려갔다. 거기가 틀림없이 마지막 라운드의 결전장이 될 것이다. 제니와 나는 다음 날 강의가 있었고, 석상 영감은 은행과 그 밖의 일들이 있었으며, 팁시 여사 역시 확실히 무슨 그 럴싸한 계획이 있는 것 같았다.

"설탕 넣겠니, 올리버?"

어머니가 물었다.

"올리버는 늘 설탕을 넣잖아, 여보."

아버지가 말했다.

"필요 없어요. 블랙으로 주세요, 어머니."

우리는 제각기 커피 잔을 받아들고 이제 는 서로 할 이야기도 전혀 없었으므로 아늑한 분위기 속에 앉아만 있었다. 그래서 내가 화제를 끄집어냈다.

"이봐, 제니퍼."

제니가 고개가 들었다.

"평화봉사단에 대해 어떻게 생각해?"

그녀는 나를 향해 얼굴을 찌푸려 보이고는 협력 을 거절했다.

"어머, 당신 벌써 이야기 하셨군요?"

어머니가 아버지에게 말했다.

"아직 시기가 아니오, 여보."

올리버 3세는 아들을 봤다.

"나한테 물어봐, 나한테 물어보라고."

아버지는 방송이라도 하듯 겸손을 가장하고 말했 다. 그래서 나는 물어보지 않을 수 없었다.

"무슨 일인가요, 아버지?"

"아니, 뭐 대수로운 것도 아니야."

"어떻게 그런 말을 할 수 있어요."

어머니는 내 쪽을 돌아다보고 한마디 힘을 주어 나에게 소식을 전했다(앞서 말한 대로 어머니는 만사가 아버지 편이다).

"네 아버지께서 이번에 평화봉사단 이사가 되신단다."

"야아."

제니도 역시 "야아" 했으나 나와는 달리 좀더 흐뭇한 어조였다.

아버지는 난처한 척 해 보였고, 어머니는 내가 넙죽 절이라도 하기를 기다리고 있는 듯했다. 그까짓 국무장관이 된 것도 아닌데!

"축하합니다, 배럿 씨."

제니가 선수를 쳤다.

"예 정말 축하합니다, 아버지."

어머니는 이것에 대해 무슨 이야기를 하고 싶은 마음이 굴뚝같은 모양이었다.

"이것은 교육적으로도 훌륭한 경험이 되리라고 생각해요."

어머니가 말했다.

"그럴 거예요."

제니가 동의했다.

"그럴 테죠."

나는 그다지 확신도 없이 말하고 나서 덧붙였다.

"저— 미안하지만 그 설탕 좀 주시겠어요?"

8

$\rightarrow\!\!-\!\!\bullet\!\!-\!\!\leftarrow$

"제니, 국무장관이 된 것도 아니잖아!"

우리는 마침내 해방되어 케임브리지로 차를 몰고
돌아오고 있었다.

"하지만 올리버. 넌 좀 더 열의를 보였어야 했어."

"축하한다고 말했잖아."

"그 정도가 너로선 큰마음을 먹은 거였군."

"그럼, 도대체 어떻게 했어야 한다는 거지?"

"오 하느님. 모든 일이 골치 아파."

"이건 나하고 아버지 사이의 문제야."

나는 덧붙였다.

우리는 오랫동안 말 한 마디 없이 차를 몰고 있
었다. 그러나 뭔가 개운치 않았다.

"모든 일이 골치 아프다고 했는데, 대체 뭐가 골
치를 썩인다는 거지, 제니?"

나는 오랫동안 생각한 끝에 이렇게 물었다.

"네가 아버지를 대하는 매스꺼운 태도 말야."

"그가 나를 대하는 태도는 어떡하고."

내가 완두콩 그릇을 엎지른 꼴이 되었다. 더 정확하게 말하면 스파게티 소스를. 제니가 아버지의 사랑에 관해 나를 전면적으로 공격하기 시작했기 때문이다. 이것은 전적으로 이탈리아-지중해적인 습성에서 비롯된 것이었다. 하긴 나도 버릇이 없는 편이긴 했다.

"넌 그를 괴롭히고, 괴롭히고, 또 괴롭혔어."

"그 점은 피장파장이야, 젠, 그것도 눈치 채지 못했어?"

"네가 무슨 일이든 그만 둘 줄 모르지는 않잖아? 아버지를 휘어잡을 생각은 아니잖아."

"올리버 배럿 3세를 휘어잡기는 불가능해."

잠시 어색한 침묵이 흐른 뒤 그녀가 입을 열었다.

"그래. 네가 제니퍼 카빌레리와 결혼만 하지 않는다면."

나는 생선요리를 하는 식당 주차장에 차를 넣으며 간신히 냉정을 유지하고는 머리끝까지 화가 난 상태에서 제니퍼를 돌아보며 다그쳤다.

"그게 제니의 생각이야?"

"내 생각의 일부는 그래."

그녀는 아주 나직이 말했다.

"제니, 내가 사랑하고 있다는 걸 믿지 않아?"

내가 소리치자. 그녀는 조용히 믿는다고 했다.

"그렇지만 너는 또 나의 부정적인 사회적 신분을 역시 광적으로 사랑하고 있어."

나는 아니라는 말밖에 할 말이 없었다. 나는 그 말을 몇 번이나, 그리고 여러 가지 다른 목소리로 말했다. 나는 몹시 당황했고, 그녀의 두려운 암시에 일말의 진실이 있을 가능성마저 생각해보았다.

그러나 그녀는 별로 의기양양하지는 않았다.

"나도 판단을 못하겠어, 올리. 그저 내 생각의 일부일 뿐이야. 나도 내가 너 자체만을 사랑하는 것은 아니라는 걸 알고 있어. 너의 이름을, 그리고 그 이름에 붙는 숫자도 사랑하고 있다는 뜻이야."

그녀가 얼굴을 돌렸으므로 나는 그녀가 울려고 그러는 게 아닌가 생각했다. 그러나 그녀는 울지 않고 마침내 자기 생각을 말했다.

"결국 그것도 네 자신의 일부야."

나는 '조개와 굴 요리'라고 된 네온사인이 깜박거리는 것을 바라보며 잠시 멍하니 앉아 있었다. 제니의 가장 사랑스러운 점은 내 생각을 꿰뚫어보고 일일이 말하지 않아도 즉각 이해해 주는 능력이었다. 지금도 그녀는 그 능력을 발휘하고 있었다. 그러나 나는 내 자신이 완전하지 않다는 사실을 직시할 수 있을까? 그녀는 이미 나의 불완전함과 그녀의 불완전함을 직시하고 있는 것이다. 제기랄, 나는 얼마나 쓸모없는 인간인가!

나는 대체 뭐라고 말해야 좋을지 몰랐다.

"조개와 굴, 어떤 것으로 하겠어, 제니!"

"입에 한 방 맞고 싶어, 예비교생?"

그녀는 주먹을 쥐고 그것을 살며시 내 뺨에 갖다 댔다. 나는 그 주먹에 키스하고, 그녀를 껴안으려고 팔을 뻗쳤다. 그러자 그녀는 팔을 뻗어 나를 밀어내고는 영화 속 갱의 정부(情婦)처럼 외쳤다.

"달려야만 해요, 예비교생, 운전석으로 되돌아가 속력을 내란 말예요!"

나는 밟았다. 그리고 미친 듯이 달렸다.

아버지가 우선적으로 트집을 잡으려 한 것은 너무 성급하게 군다는 것이었다. 느긋하지 못하다, 허둥댄다. 아버지가 어떤 말을 했는지 정확한 기억은 없지만, 하버드 클럽에서 점심식사를 함께 하고 있을 때, 그가 맨 먼저 꼬투리를 잡으려 한 것은 너무 서둘러 댄다는 것이었다. 나의 식사하는 태도가 성급하다고 이러쿵저러쿵 말하며 꼬투리를 잡기 시작했다. 나는 이미 성인이니까 내 행동에 관해 더 이상 일일이 지적하지 않아도 되고, 충고해 주지 않아도 된다고 공손히 말했다. 그랬더니 그는 아무리 세계적 지도자라도 때때로 건설적 비평이 필요하다고 말했다. 이것은 1차 루즈벨트 정부 때 그가 워싱턴에서 한 역할을 넌지시 빗대놓고 하는 말인 모양이었다. 그러나 루즈벨트 시절의 추억에 잠기게 하거나 미합중국 은행 개혁 당시의 그의 공로담을 꺼내게 하고 싶지는 않았다. 그래서 입을 꼭 다물고 있기로 했다.

우리는 앞서도 말했듯 보스턴의 하버드 클럽에서 점심을 먹고 있었다. (그의 논평이 옳은 것이라면 나는 너무나 성급히 처넣고 있었다.) 이것은 우리가 그의 측근들에 의해 둘러싸여 있다는 말이 된다. 그의 동창생들, 부하 직원들, 숭배자들, 기타 등등의 사람들 말이다. 아무래도 그가 이곳을 선택한 것은 무슨 꿍꿍이속이 있는 듯했다. 가만히 귀를 기울이면 주위의 패들이 속삭이는 소리를 들을 수 있었다.

"올리버 배럿 씨가 와 있군."

"저 사람이 왕년의 대 선수 배럿이야."

여전히 말도 아닌 말들이 되풀이되고 있었다. 그것들 모두 아무 쓸모도 없는 이야기들인 것만은 불을 보듯 뻔했다.

"아버지, 제니퍼에 관해서는 아직 한 말씀도 안 하셨어요."

"무슨 말이 필요하겠느냐? 너는 하나의 기정사실을 우리 앞에 제시했을 뿐인걸, 안 그러냐?"

"하지만 어떻게 생각하시죠, 아버지?"

"난 제니퍼가 훌륭하다고 생각한다. 그리고 그와 같은 환경에서 자라난 아가씨가 래드클리프 여자대학에 다니고 있다니…"

이렇게 가식을 떨며, 그는 문제의 본질을 슬슬 피하고 있는 것이다.

"핵심을 이야기 해주세요, 아버지."

"핵심은 그 젊은 아가씨와는 아무 관계도 없어."

그가 이어 말했다.

"너하고 관계가 있지, 네 반란 말이다."

그가 덧붙였다.

"넌 지금 반란을 일으키고 있다, 얘야."

"아버지, 아름답고 똑똑한 래드클리프 아가씨와 결혼한다는 게 어째서 반란이 되는지 모르겠군요. 제 말은 그녀가 머리가 돈 히피족인 것도 아니고…"

"모든 게 다 좋다고는 할 수 없지."

아, 또 시작이다. 신통치도 못한 말장난 말이다.

"뭐가 그렇게 마음에 안 드세요, 아버지? 그 여자가 가톨릭 신자라는 점입니까? 아니면 가난하다는 점입니까?"

그는 내게로 약간 몸을 숙이고 속삭이듯 말했다.

"그럼 넌 뭐가 제일 끌리더냐?"

나는 자리를 박차고 나가버리고 싶었다. 그러고 싶다고 그에게 말했다.

"사내답게 여기 남아서 얘기해 봐."

무엇에 비해서 사내답게란 말인가? 소년? 소녀? 생쥐? 아무튼 나는 그대로 앉아 있었다.

서너버비치는 내가 그대로 앉아 있는 데 대해 몹시 흐뭇한 표정이었다. 다시 말해서 그는 이것을 나에 대한 수많은 승리 가운데 또 하나로 간주하고 있음이 분명했다.

"잠시 기다리라는 부탁일 뿐이다."

"그 '잠시'라는 말의 뜻을 명확히 해 주세요."

"법과대학을 마쳐라. 만약 진심으로 사랑한다면 시간의 시련쯤은 견딜 수 있을 게다."

"진심이에요. 하지만 도대체 무엇 때문에 변덕스러운 시련을 참아내야 한다는 거죠?"

나의 암시는 이만하면 분명했다고 생각한다. 나는 그와 맞서고 있었던 것이다. 그의 변덕에 맞서. 내 인생을 지배하고 통제하려는 충동에 대해 맞선 것이다.

"올리버."

그는 새로운 라운드를 시작했다.

"너는 아직 미성년이…"

"미성년이 어떻다는 거죠?"

염병할, 나는 꼭지가 돌아가고 있었다.

"넌 아직 스물한 살도 안 됐어. 법적으론 성인이 아니다."

"집어 치워요. 그 개 같은 법적 꼬투리!"

아마 옆자리에서 저녁을 들고 있던 사람들은 이 말을 들었을 것이다. 내가 큰 소리를 지른 데 대한 복수라도 하려는 듯, 올리버 3세는 나를 향해 가슴을 찌르는 듯한 다음 말을 소곤댔다.

"그럼 당장 그 여자와 결혼하거라. 이젠 내가 알 바 아니니까."

이젠 누가 듣든 말든 알바가 아니었다.

"아버지도 뭐든지 다 아시는 건 아니잖아요."

나는 그의 삶에서 벗어나 나 자신의 인생을 시작했다.

9

❯❯─◆─❮❮

　남은 문제는 로드 아일랜드 주 크랜스턴으로 가는 일 뿐이었다. 크랜스턴은 입스위치 북쪽보다는 보스턴의 남쪽에 좀 더 가까운 도시였다. 제니퍼를 장래의 시부모에게 소개한 일이 형편없는 결과로 끝난 뒤였으므로("이렇게 됐으니 네 부모님을 무법자라고 부를까?"하고 그녀는 말했다) 그녀의 아버지를 만난다는 것에 무슨 자신을 가지고 기대하지는 않았다. 틀림없이 그곳에선 이탈리아식의 지중해적인 과도한 사랑의 증세와 마주치게 될 것이고, 게다가 외동딸이며 어머니가 없다는 사실은 아버지와의 비정상적인 유대를 의미하는 것이다. 심리학책에 씌어 있는 그러한 모든 감정과 맞부딪치게 될 것이리라.

　설상가상으로 나는 무일푼의 신세였다. 가령 로드아일랜드 주 크랜스턴의 어느 구석에 사는 잘생긴 이탈리아계 청년인 제 2의 올리베로 바 레또가 있다고 하자. 그가 같은 도시에 사는 막벌이 제과 공인 카빌레리 씨를 만나러 가서, "당신의 외동 따 님 제니퍼와 결혼하고 싶습니다"하고 말한다고 하 자. 그 노인네가 첫마디로 뭐라고 물어볼 것 같은 가? (그는 바레또에게 제니를 사랑하느냐고 묻지는 않을 것이다. 왜냐하면 제니를 알게 되면 사랑하지 않을 수 없기 때문이다. 이것은 절대적인 진리인 것이다.) 카빌레리 씨는 이렇게 물어볼 것이다.

"바레또, 자넨 그 애를 어떻게 먹여 살릴 텐가?"

그런데 바레또의 대답이 딸을 먹여 살리기는커녕 그 반대로 향후 최소한 3년간은 댁의 따님이 사위 인 저를 먹여 살려야 할 것입니다! 라고 했을 때 선량한 카빌레리 씨의 반응을 상상해 보라. 카빌레 리 씨는 바레또더러 당장 꺼지라고 문을 가리키든 가, 아니면 바레또의 몸집이 나보다 작다면 주먹을 날려서 쫓아낼 것이 아니겠는가?

그것은 당연한 일이다.

그런 까닭에 나는 5월의 어느 일요일 오후에 제 니와 함께 95번 가도 남쪽으로 차를 몰면서 교통 표지가 지시하는 모든 제한 속도를 지키면 운전하 고 있는 것이다. 내가 모는 운전 속도를 즐기게 되어버린 제니는, 45마일 제한구역에서 40마일밖에 속도를 내지 않는 점에 대해 불평을 했다. 내가 차를 길들일 필요가 있어서 그렇다고 말해주었으나 그녀는 전혀 곧이듣지 않았다.

"그 이야기를 다시 한 번 해줘, 젠."

참을성이라는 미덕은 제니에게는 해당되지 않는 것이었다. 나 스스로 여유를 가지고 싶어 이것저것 물어보는 쑥스러운 질문에 대해 그녀는 반복해서 대답하려고 하지 않았다.

"꼭 한번 만이면 돼. 제니, 부탁이야."

"아버지께 전화했어. 그리고는 모든 것을 말했어. 그는 오케이라고 말했어. 영어로, 왜냐하면 내가 이야기해도 넌 믿으려 듣지 않겠지만, 아버지는 몇 마디 욕설을 빼고는 이탈리아어를 하나도 모르기 때문이지."

"그런데 그 '오케이'가 무엇을 의미하지?"

"하버드 법과대학은 '오케이'의 정의도 모르는 학생을 입학시켰나?"

"그건 법률용어가 아니야, 제니."

그녀는 내 팔에 손을 얹었다. 다행히 이제야 알 것 같았다. 그래도 아직 내겐 해명이 더 필요했다. 즉, 내가 처해 있는 입장을 알아야만 했던 것이다.

"'오케이'란 말은 또한 '참아 나가겠다'는 뜻도 돼."

그녀는 몇 번이나 자기 아버지와 나눈 대화의 자세한 부분까지도 나에게 되풀이 해주는 자비를 베풀었다. 아버지는 흡족해 하셨다. 정말 흡족해 하셨다. 그는 딸을 멀리 래드클리프 여대까지 보낼 때에는, 그녀가 이웃집 청년(사실 이 청년은 그녀가 유학을 떠나기 전에 청혼한 일이 있었다)과 결혼하기 위해 크랜스턴으로 돌아오리라고는 기대하지 않았던 것이다. 아버지는 처음에는 딸이 마음에 품고 있는 남자 이름이 올리버 배럿 4세라는 것을 믿지 않았다. 이윽고 그는 딸에게 11번째 계명을 어기지 말라고 경고했다.

"뭐지, 그 11번째 계명이라는 것이?"

내가 물었다.

"너의 아버지에게 함부로 말하지 말지어다."

그녀가 말했다.

"아아."

"이게 전부야, 올리버. 정말이야."

"내가 가난뱅이란 걸 알고 계셔?"

"그럼."

"괜찮으시대?"

"적어도 너와 우리 아빠하고는 닮은 데가 있어."

"하지만 내게 돈이 좀 있다면 더 기뻐해 주실 테지. 안 그래?"

"너라면 안 그러겠어?"

나는 남은 길을 달리는 동안 줄곧 입을 다물고 있었다.

제니는 해밀턴 애비뉴라는 거리에 살고 있었다. 목조건물이 길게 줄지어 있는 집 앞마다 많은 아이들이 놀고 있고, 빈약한 나무 몇 그루가 서 있었다. 차를 둘 곳을 찾아 그 거리를 천천히 달릴 때, 나는 다른 세상에 와 있는 것 같은 기분이 들었다. 무엇보다도 사람들이 아주 많았다. 놀고 있는 아이들뿐만 아니라, 전 가족이 베란다에 나와 앉아 이 일요일 오후에 내가 MG를 주차시키는 것을 지켜보는 것 외에는 별로 할 일이 없는 것 같아 보였다.

제니가 먼저 차에서 뛰어 내렸다. 그녀는 크랜스턴에서는 잽싼 조그마한 메뚜기처럼 민첩했다. 내가 태우고 온 사람이 누구란 것을 알자 베란다에서 구경하던 사람들에게서 일제히 환성이 터졌다. 야 아, 카빌레리 아니야! 나는 그녀에게 보내는 모든 인사말들을 듣자 밖으로 나가기가 부끄러울 정도였다. 현실적으론 잠시 동안도 올리베로 바레또

행세를 할 수가 없었던 것이다.

"이봐요, 제니!"

나는 나이가 지긋한 기혼 부인 같은 여자가 크게 반기며 소리치는 것을 들었다.

"안녕하세요, 카포딜루포 부인!"

큰 소리로 답례하는 제니의 목소리가 들렸다. 나는 차에서 밖으로 나왔다. 내게 집중되는 시선을 느낄 수 있었다.

"제니, 저 녀석은 누구냐?"

카포딜루포 부인이 소리쳤다. 이곳은 별로 점잖지 못한 것 같은걸?

"별 사람 아니에요!"

그 제니가 소리쳐 대꾸했다. 이 말을 듣자 나는 주눅이 들기 시작했다.

"그럴 테지."

카포딜루포 부인이 내 쪽을 향해 소리쳤다.

"하지만 그가 데리고 온 아가씨는 진짜 인물인걸!"

"저 사람도 알고 있어요."

제니가 대꾸했다.

그리고 확인이라도 시키려는 듯 다른 쪽에 있는 이웃들 쪽으로 몸을 돌렸다.

"저 사람도 알고 있어요."

그녀는 새로운 자신의 팬들 무리들에게도 같은 말을 반복했다. 그녀는 내 손을 잡고(나는 낙원 속의 한 이방인이었다) 해밀턴 애비뉴 189A번지의 층계를 올라갔다.

어색한 순간이었다.

"이분이 아버지셔."

제니가 아버지를 소개하는 동안 나는 장승처럼 서 있기만 했다. 투박하게 생긴 로드 아일랜드 타입의 40대 후반의 필 카빌레리 씨(약 5피트 9인치, 165 파운드)가 손을 내밀었다.

악수를 할 때 그는 손아귀에 힘을 주었다.

"안녕하십니까, 어르신."

"필일세."

그는 내 말을 정정하듯 "필"에 힘을 주었다.

"알겠습니다, 필 어르신."

나는 손을 흔들며 대답했다.

이번에도 어리둥절하게 만드는 순간이었다. 카빌레리 씨는 내 손을 놓기가 무섭게 딸 쪽으로 몸을 돌리고 엄청나게 큰 소리로 불렀기 때문이다.

"제니퍼!"

한순간 아무 일도 벌어지지 않고 있었다. 그리고

나서 그들은 서로 껴안고 있었다. 힘껏, 아주 힘껏. 앞뒤로 몸이 흔들리고 있었다. 그러면서 카빌레리 씨는 딸의 이름 "제니퍼"(이번에는 아주 조용히)를 되풀이할 뿐이었다. 그리고 래드클리프 여대 우등 졸업생이 될 그의 딸의 대답도 "필"이라는 말뿐이었다.

나는 완전히 소외된 외계인 같은 존재였다.

내가 상류 가정에서 자라서 도움이 된 것이 그날 오후에 꼭 한 가지 있었다. 나는 항상 식사 때는 입에 음식을 물고 말하지 말라는 설교를 듣곤 했었다. 그런데 필과 그의 딸은 서로 공모라도 한 것처럼 입에 채워 넣기를 계속하는 통에, 나는 이야기를 하지 않아도 되었다. 분명 나는 이탈리아식 밀가루 과자들을 기록적으로 많이 먹었던 것 같다. 먹고 난 뒤에 나는 어떤 과자가 제일 맛있었는지에 대해 꽤 길게 논평을 했더니(실례가 될까봐 각종 과자를 두 개 이상씩 골고루 먹었었다) 두 사람의 카빌레리는 무척 좋아했다.

"이 사람이면 오케이야."

필 카빌레리는 딸에게 말했다. 무슨 뜻이지? 나는 '오케이'의 정확한 뜻을 설명해 달라고 할 필요가 없었다. 나는 그저 조심조심해서 한 행동 가운데 어떤 것이 그런 고마운 말을 하사 받게 되었는지 그것이 알고 싶을 뿐이었다.

내가 쿠키를 좋아해서일까? 내 악수가 아주 힘찼던 것일까? 도대체 무엇 때문이었을까?

"제가 오케이라고 했잖아요, 필."

카빌레리 씨의 딸이 말했다.

"그래, 오케이야."

그녀의 아버지도 맞장구를 치고 있었다.

"그래도 내가 직접 봐야만 했어. 이젠 봤으니 됐다, 올리버."

그는 이번에는 나를 보고 말했다.

"네, 어르신."

"필이라고 부르게."

"네, 필 어르신."

"자넨 오케이야."

"고맙습니다, 어르신, 감사합니다. 정말요, 그리고 제가 따님을 어떻게 생각하고 있는지 아실 겁니다, 어르신, 그리고 어르신께 대해서도 말입니다."

"올리버."

제니가 끼어들었다.

"그 멍청이 개 같은 귀공자처럼 좀 굴지마."

"제니퍼."

카빌레리 씨가 딸을 말렸다.

"그렇게 불손한 말씨를 쓰는 게 아니야. 개자식도 손님이다!"

과자는 군것질에 불과했다. 저녁식탁에서 필은 무슨 이야기인지 짐작이 가는 심각한 이야기를 하고 싶어 했다. 어처구니없게도 그는 자신이 올리버 3세와 4세 사이를 화해시킬 수 있다고 생각하고 있었다.

"아버님과 전화로 이야기할 수 있게 해주지 않겠나? 아버지 대 아버지로 말이야."

그는 진지했다.

"부탁입니다, 필. 그만 두세요. 시간 낭비일 뿐입니다."

"부모가 자식을 버리는 걸 앉아서 보고만 있을 순 없네. 그럴 수는 없지."

"그래요. 하지만 저도 그분을 버린 셈인 걸요, 필."

"내 앞에서 다시는 그런 소리하지 말게."

그는 정말 화를 내는 것이었다.

"아버지의 사랑은 소중한 거야. 존경해야만 하네. 그건 하나 밖에 없는 거야."

"특히 우리 가정에선 더욱 그 점을 강조하죠."

제니는 시중을 드느라고 왔다 갔다 하고 있었으므로 대화에 거의 끼어들지 않고 있었다.

"전화연결만 하게. 다음은 내가 알아서 할 테니."

필은 거듭 고집을 부렸다.

"아닙니다. 아버지와 저는 냉전 상태거든요."

"내 말 좀 들어보게나, 올리버. 그분도 분명히 이해하실 거야. 내가 그분 마음이 눈 녹듯 누그러지게 말할 테니 날 믿으라고, 교회에서 예식을 올릴 때가 되면…"

디저트 접시를 내려놓고 있던 제니가 아버지에게 정색을 하고 말했다.

"필…?"

"왜 그러니, 제니?"

"그, 교회에 관한 얘기인데요…."

"그런데?"

"저어… 그게 좀 마음에 걸려서요, 필."

"뭐라고?"

카빌레리 씨가 물었다. 그는 갑자기 무언가를 잘못 이해하고서 사과라도 할 듯한 태도로 나를 향해 돌아섰다.

"내 얘기는 뭐… 꼭 가톨릭 성당을 말한 것은 아니야, 올리버. 다만 자네도 제니에게 들어서 알고 있겠지만 우린 가톨릭 신자이지. 하지만 내가 아까 교회라고 한 건 자네가 다니는 교회를 말한 거야,

올리버. 어느 교회건 무슨 상관이 있나. 하느님이 축복만 해 주시면 되는 거지. 안 그런가?"

나는 제니를 바라보았다. 그녀는 지난 번 전화통화에서 이 중요한 문제를 빠뜨린 것이 분명했다.

"올리버, 한꺼번에 그 일까지 말씀드렸다간 아버지께서 너무 충격이 크실 것 같았어."

그녀가 해명했다.

"무슨 얘기냐?"

카빌레리 씨가 여전히 상냥하게 물었다.

"말해 봐라, 말해 봐 애들아. 난 너희들이 바라는 거라면 다 알고 싶으니까."

그것은 우연이었을까? 바로 그 순간 내 눈길은 이 집 식당의 선반 위에 놓인 자기로 만들어진 성모 마리아 상과 부딪혔던 것이다.

"하느님의 축복에 관한 이야기인데요, 필."

제니는 아버지에게서 눈길을 돌리며 말했다.

"그래, 제니야. 말해 봐라."

카빌레리 씨의 표정엔 불안이 감돌고 있었다.

"저어, 그 문제에 관해서는 아버지와 생각이 달라요."

그녀는 내가 무슨 말을 해주길 바라며 나를 쳐다보았다. 나도 눈빛으로나마 그녀에게 도움을 보내주려 애썼다.

"하느님에 관해서? 모든 사람의 하느님 말이지?"

제니는 고개를 끄덕였다.

"제가 말씀드려도 되겠습니까, 필?"

내가 물었다.

"그러게."

"우리는 둘 다 신앙을 가지고 있지 않습니다, 필. 그래서 위선자가 되는 일은 하고 싶지 않습니다."

이 말이 내 입에서 나왔기에 가만히 있었을 것이다. 만약 제니가 그랬다면 때렸을지도 모른다. 이젠 *그*가 따돌림을 당하고 있는 이방인이었다. 그는 우리 둘의 얼굴을 바라보지도 못하고 있었다.

"뭐, 좋겠지."

그는 오랜 침묵을 깨고 이렇게 말했다.

"그럼, 결혼식 주례는 누가 할 지 얘기해 주겠나?"

"우리들이 하죠."

내가 이렇게 대답했다. 그는 정말이냐는 듯이 딸을 바라보았다. 그녀는 고개를 끄덕이고 있었다. 내 말이 옳은 것이다. 다시 한 번 오랜 침묵이 흐른 뒤 그는 다시 말했다.

"그것도 좋겠지."

그러고 나서 그는 나에게 법조계로 나갈 사람이니 이런 식의 결혼이, 뭐라고 했더라, 합법적인지 물었다.

설명은 제니가 맡았다. 우리가 마음먹고 있는 예식은 대학의 유일교회파 전임 목사가 주재할 것이고 신랑 신부가 그 앞에서 서로 서약을 하는 형식이라고 말했다. 필은 전임 목사라는 말을 듣고 "아, 전임 목사" 하고 중얼거렸다.

"그럼 신부도 말을 하게 되나?"

그는 이것이 무엇보다 가장 중요하다는 듯 묻고 있었다.

"아빠, 세상에 내가 입을 다물고 있어야 될 때도 있나요?"

그의 딸이 물었다.

"애야, 그래선 안 되지. 어느 때나 말은 해야 되지."

그는 보일 듯 말 듯 미소를 지으며 대답했다.

케임브리지로 돌아오는 차 안에서 제니에게 오늘 일을 어떻게 생각하느냐고 물어보았다.

"오케이야."

그녀의 대답은 명쾌했다.

10

하버드 법과대학 부학장 윌리엄 F. 톰슨 씨는 자신의 귀를 믿을 수가 없었다.

"내가 잘못 들은 건 아니겠지, 배럿군?"

"그렇습니다. 박사님." 1

처음에 그 말을 끄집어내기가 쉽지 않았다. 하지만 그 말을 다시 반복하기는 더욱 쉽지 않았다.

"내년도에 장학금이 필요하게 되었습니다, 박사님."

"정말인가?"

"그래서 이렇게 찾아뵈러 온 겁니다. 학자금 지원 업무를 맡고 계시죠? 그렇지 않습니까, 톰슨 박사님?"

"그건 그래. 하지만 좀 이상한걸, 자네 부친께서…"

"그분과는 이제 관련이 없습니다, 박사님."

"지금 뭐라고 했지?"

톰슨 박사는 안경을 벗어들고 넥타이로 닦기 시

작했다.

"그분과는 의견이 맞지 않아 충돌이 생겼습니다."

안경을 다시 쓴 부학장 톰슨 박사는 그의 특징인 무표정한 얼굴로 나를 바라보았다. 이런 표정을 짓는 법을 터득해서 부학장이 되었는지도 모르지만.

"그거 대단히 불행한 일이군, 배럿군."

이 양반 보라. 누구에게 말입니까? 하고 물어보고 싶었으나 참았다. 이 양반이 날 우습게보고 내게 오줌이나 먹이려 하고 있는 것이다.

"네, 박사님. 아주 불행한 일입니다. 그래서 이렇게 부탁드리러 온 것입니다. 다음 달에 결혼하게 됐습니다. 그리고 여름에는 맞벌이를 할 작정입니다. 그 후엔 제 아내 제니가 한 사립학교에서 교직 자리를 얻게 될 것이니까 생활은 그럭저럭 되겠지요. 하지만 문제는 등록금입니다. 이 학교의 등록금은 좀 비싼 편이거든요, 톰슨 부학장님."

"음… 하긴 그래."

그가 대답했다. 하지만 그뿐이었다. 이 능구렁이는 내 말뜻을 알아듣지 못해서 저러고 있는 것일까? 도대체 내가 왜 여기에 온 것으로 생각하는 것일까?

"톰슨 부학장님, 전 장학금을 받고 싶습니다."

단도직입적으로 말했다. 벌써 세 번째였다.

"은행예금은 벌써 바닥이 났고 진학 허가는 이미 받아놨으니 말입니다."

"음 그렇군."

이렇게 받아넘긴 톰슨 박사는 절차상의 전문 용어를 생각해내고 있었다.

"하지만 장학금 신청은 벌써 마감이 된 걸."

이 작자에게 무어라 말해 주어야 하나? 그 유혈이 낭자했던 이야기를 죄다 해야 하는가? 아니면 내 스캔들을 듣고 싶은 건가? 도대체 뭐야?

"부학장님. 제가 여기를 지원했을 때만 해도 저한테 이런 일이 일어나리라고는 생각지도 못했습니다."

"물론 그랬겠지. 그렇지만 배럿군, 이 점만은 이해해 주었으면 좋겠네. 우리는 학생의 가정불화에까지 간섭할 수는 없다는 점 말일세, 사정이 딱하긴 하지만 말이네."

"좋습니다, 부학장님."

그렇게 말하며 나는 일어섰다.

"무슨 생각으로 그런 말씀을 하시는지는 알 만 합니다. 하지만 난 법과대학에 배럿 강당을 또 하나 지어달라고 아버지께 알랑거릴 생각은 없습니다."

나는 나가려고 등을 돌렸다. 그리고 방을 나서고

있을 때였다.

"그건 부당한 말이야."

등 뒤에서 투덜거리는 소리가 들려왔다.

난 더 이상 그와 이야기를 나누고 싶지 않았다.

11

➤━━•❖•━━◆

제니퍼의 졸업식은 수요일에 있었다. 그녀의 졸업을 축하하기 위해 온갖 친척들이 크랜스턴과 폴리버에서, 그리고 멀리 클리브랜드에서 온 이모도 있었다. 그득은 케임브리지로 모여들었다.

우리가 미리 합의한 약속에 따라 제니는 나를 그녀의 약혼자라고 소개하지 않았고 약혼반지도 끼지 않고 있었다. 이렇게 한 이유는 코앞에 닥쳐온 우리의 결혼식에 초대받지 못했다 해서 섭섭해 하는 사람이 없도록 하기 위해서였다.

"클라라 아주머니, 제 남자친구 올리버예요."

이럴 때면 으레 제니는 "아직 재학중이에요" 하고 꼬리를 달았다.

친척들은 우리들을 바라보며 쑥덕거리고, 서로 쿡쿡 찌르기도 하며, 큰 소리로 자신들의 추측을 떠벌리고 있었으나 우리 둘에게서는 이렇다 할 정보를 얻어내지는 못했으며, 필에게서도 마찬가지였다. 내 추측이지만 필은 두 무신론자 사이의 사랑에 대해 이러쿵저러쿵 이야기를 하지 않아도 되어 오히려 다행으로 여기는 것 같았다.

이튿날 목요일, 나도 하버드에서 학위를 받음으로써 — 그녀와 마찬가지로 준우등이었다 — 제니와 학력에 있어 대등해진 것이다.

졸업식에서 나는 과대표였기 때문에 졸업반 학생들을 좌석에 인도할 권리를 가지고 있었다. 따라서 최상급의 두뇌를 가진 녀석들보다 앞서서 걷는 영광을 갖는 셈이 된다. 나는 그들에게 오늘 내가 인도자가 될 수 있는 영광을 차지하게 된 동기는 위드너 도서관에서 두 시간을 보내는 것보다, 딜런 체육관에서 한 시간 땀을 흘리는 것이 우수한 인간을 만든다는 내 이론을 결정적으로 증명하는 것이라고 말해 주고 싶은 충동이 일어났다. 그러나 나는 참았다. 졸업의 기쁨은 모두가 똑같이 나눠 가져야 하지 않겠는가.

올리버 3세가 졸업식에 참석했는지의 여부는 알 수가 없었다. 이날 하버드의 교정에는 1만 7천명 이상의 사람들이 들끓었으므로 일일이 쌍안경으로 훑어볼 수도 없는 노릇이었다. 더구나 나에게 배당

된 학부형 초대권은 필과 제니에게 주어버렸다. 물론 그 석상 영감이 오셨다면 1926년도 졸업생 좌석에 앉을 수 있긴 했을 것이다. 그러나 그가 무엇 때문에 오고 싶겠는가? 은행이 영업 중인데.

결혼식은 그 주 일요일에 올렸다. 제니의 친척을 초대하지 않은 이유는 성부·성자·성신을 생략하는 우리의 의식이 독실한 가톨릭 신자들에겐 일종의 고통을 주는 것이기 때문이었다. 예식 장소는 교정 북쪽에 있는 낡은 건물 필립스 브루스 하우스였다. 대학의 전임 목사인 티모시 블로벨트 씨가 식을 주례했다. 물론 래이 스트래턴이 왔고, 엑시터 고등학교 시절부터 좋은 친구인 제레미 네이험도 초대 되었다. 네이험은 굳이 하버드를 제쳐놓고 엠허스트 대학에 진학했었다. 제니는 브리그스 홀의 한 친구와, 약간은 감상적인 이유 때문인지 도서대출계에서 같이 일하던 키 크고 멍해 보이는 그 아가씨를 초대했다. 필이 초대된 것은 물론이다.

래이 스트래턴에게 필을 맡게 했다. 그의 감정을 진정시켜야 할 때가 있을지도 모르기 때문이었다. 물론 스트래턴이 그리 침착한 녀석은 아니지만!

그 두 사람은 입을 꼭 다물고 아주 못마땅하다는

듯한 표정을 짓고 나란히 버티고 서서 "제멋대로
하는 결혼식 (이건 필의 주장이다) 또는 "믿지 못
할 엽기극"(스트래턴 녀석이 오래 전부터 예고해
왔 듯)이 될 것을 의심치 않고 있었으리라. 그들이
이 같은 악평을 하게 된 원인은 결혼식을 올리자
마자 곧장 제니와 내가 몇 마디 주고받음으로써
식이 끝난다는 것 때문이었다. 그러나 우리가 결혼
식을 그렇게 하기로 결심한 데에는 이유가 있었다.
그해 이른 봄에 제니의 음악 친구 마리아 랜달이
디자인을 전공하는 에릭 레빈슨과 그와 같은 결혼
식을 실제로 올렸기 때문이었다. 그 결혼식은 정말
아름다웠다. 우리는 그런 식의 결혼에 매료되었던
것이다.

"두 분 다 준비되셨습니까?"

블로벨트 씨가 묻고 있었다.

나는 둘을 대표해서 대답했다. 이어 블로벨트 씨
가 참석자들을 향해 입을 열었다.

"여러분, 우리는 두 생명이 결합되는 이 자리에
증인이 되기 위해 참석하였습니다. 그러면 이 성스
러운 자리를 위해 그들이 마련한 시로써 사랑의
서약을 듣기로 합시다."

신부가 먼저였다. 제니는 나를 바라보며 자신이

선택한 시를 낭독했다. 그 소네트가 엘리자베드 배럿의 것이었기 때문에 나에겐 더욱 감동적이었는지 모른다.

우리 두 영혼이 꿋꿋이 힘차게 일어서서
말없이 얼굴을 마주보며, 가까이 더 가까이 다가가
마침내 길게 펼친 날개가 불 속에 타들어 갈 때까지……

나는 곁눈질로 카빌레리 씨를 훔쳐보았다. 그는 창백한 얼굴로 입을 약간 벌린 채 놀라움과 감동이 뒤섞인 눈을 크게 뜨고 있었다.
우리는 제니가 낭독하는 시를 듣고 있었다. 지금 이 순간에 그것은 제니의 기도이기도 했다.

암흑과 죽음이 항상 에워싸고 있을 때에도
하루 종일 머물러 서로 사랑하는 곳.

다음엔 내 차례였다. 얼굴을 붉히지 않고 낭독할 수 있는 시를 찾아내기란 쉬운 일이 아니었다. 내가 제니의 앞에 서서 괜한 멋만 부리는 시를 주절댈 수는 없는 일이었다. 절대로. 월트 휘트먼의 〈대지의 노래〉 가운데 한 구절은 간결했지만 내 심정을 완벽히 말해주고 있었다.

······그대에게 손을 내미노니!

나는 그대에게 황금보다 귀한 내 사랑을 바치리라.

설교나 법률보다도 우선 나 자신을 그대에게 드리리다.

그대, 나에게 그대 자신을 주지 않으려는가?

나와 함께 먼 길을 떠나지 않으려는가?

우리의 생명이 다할 때까지 서로 굳게 맺어지지 않으려는가?

낭독이 끝나자 장내는 감동에 젖은 듯 침묵이 흐르고 있었다. 이윽고 래이 스트래턴이 반지를 전해 주었고 이어서 제니와 나, 우리는 서로가 서로를 선택한 이날부터 죽음이 우리를 갈라놓을 때까지 서로 사랑하고 아끼겠다는 결혼 선서를 했다.

블로벨트 씨는 매사추세츠 주가 부여한 권한에 의거하여 우리를 부부로 인정한다고 선포했다.

돌이켜보면 그날의 '경기 후의 파티'—이것은 스트래턴의 표현이었다—는 당당하면서도 허식이라고는 추호도 없는 것이었다. 제니와 나는 샴페인을 터트리는 절차는 절대 반대했으며, 참석자가 몇 사람뿐이어서 한 테이블에 모두 앉을 수 있었으므로, 크로닌네 가게로 맥주를 마시러 몰려갔다. 지금도 잊히지 않는 것은, 그날 짐 크로닌이 "클리어리 형제 이후 하버드 최우수 하키 선수"에게 드린다면서 자신이 한 턱 냈던 일이다.

"어림없어!"

필이 주먹으로 탁자를 내리치면서 따졌다.

"클리어리 형제를 합친 것보다도 훨씬 낫단 말이오."

내가 믿건대, 필이 말한 뜻은—그는 하버드의 하키 시합을 한 번도 본 일이 없기 때문에—바비나 빌 클리어리가 얼음판 위에선 얼마나 스케이트를 잘 탔는지는 몰라도 결국 자신의 귀여운 딸 제니를 그 누구도 차지하지는 못했기 때문에 나보다 못하다는 의미였을 것이다. 우리는 벌써 더 이상 마실 수 없을 정도로 잔뜩 취해 있었기 때문에 우리들의 '경기 후의 파티'는 이로써 막을 내릴 수 있었다.

나는 필이 술값을 치르도록 내버려두었다. 직관력에 의한 이 결정으로 나는 나중에 웬만해서는 듣기 어려운 제니의 칭찬을 들을 수 있었다("자기에겐 아직 인간미가 남아 있어요, 예비교생").

그러나 필을 태워 버스 정류장에 바래다 준 막판에 약간 고리타분한 장면을 연출해내고 말았다. 눈시울을 적시고 만 것이다. 필과 제니, 아마 나의 눈에까지도 눈물로 젖고 만 것이다. 그 순간이 눈물의 바다였다는 것 밖에는 나는 아무 것도 기억할 수 없다.

어쨌든 필은 온갖 축복과 기원의 말을 퍼부은 뒤 버스에 올랐고, 우리는 버스가 우리의 시야에서 사라질 때까지 손을 흔들었다. 두려운 사실이 나를 엄습해오기 시작한 것은 바로 그때였다.

"제니, 우린 법적으로 결혼한 거야."

"이젠 나도 마누라 노릇을 할 수 있게 되었어."

12

❯❯—•❮❮

처음 3년 동안 우리가 겪은 일상생활을 한마디로 표현한다면 바로 '긁어모으기'라고 할 수 있을 것이다. 눈을 뜨는 그 순간부터 우리는 우리가 해야 할 일을 위해서, 필요한 돈을 어떻게 긁어 들이냐는 데 골몰하기 시작했다. 대개는 겨우 끼니를 이어나갈 수는 있었다. 하지만 생활에 낭만적인 구석이라고는 전혀 찾아볼 수 없었다. 오마르 카이얌의 유명 한 시구를 기억하고 있는가? "나무 그늘 아래 한 권의 시집, 한 조각의 빵과 한 잔의 포도주" 어쩌고 하는 시 말이다.

그 시집 대신 〈스코트 신탁론〉으로 바꾸어놓고 이 시적 영상이 나의 목가적 생활을 어떻게 대신해 줄지 상상해 보라. 뭐, 낙원이라고? 천만의 말씀이다. 오직 내가 생각하는 것이란 그 책값이 얼마이며 (헌 책으로 구할 수 있을까 하는 것이었으며), 빵과 포도주를 구할 수 있는 곳이 있다면 어디서 그것들을 충당할 수 있을까 하는 것뿐이었다. 게다가 도대체 어떻게 돈을 긁어모아 이제까지 진 빚을 갚을까 하는 문제로 골치를 썩여야 했다.

생활은 변화한다.

아무리 사소한 지출이라도 항상 초긴장 상태에 있는 마음속의 예산집행위원회의 엄격한 조사를 받아야만 했다.

"올리버. 연극 보러 가자. '베케트'를 한 대."

"이봐, 3달러나 돼."

"그게 무슨 소리야?"

"당신 몫으로 1달러 50센트, 내 몫이 1달러 50센트란 말이야."

"그래서 가겠다는 거야, 안 된다는 거야?"

"어느 쪽도 아니야. 그저 3달러가 든단 말이지."

우리의 신혼여행은 요트 위에서 21명의 아이들과 함께 보내는 것이었다. 나는 아침 7시부터 손님인 아이들이 싫증을 낼 때까지 36피트나 되는 요트 로즈 호를 조종해 주었고, 제니는 그들의 상담역이 돼 주었던 것이다. 그곳은 하이아니스에서 별로 멀지 않은 데니스 항에 있는 피쿼드 보트 클럽이라는 곳이었다. 그 유원지에 큰 호텔 하나와 숙박 시설을 갖춘 선거(船渠)가 하나, 그리고 수십 채의 임대주택이 마련되어 있었다. 그 중 우리가 세든 아주 조그마한 방갈로에 나는 다음 같은 공상적인 현판을 걸어 놓았다.

'올리버와 제니 여기서 자다 ─ 정사는 없었다.'

우리의 수입은 주로 손님들의 팁이었기 때문에 그들에게 온종일 친절을 베풀고도 저녁이면 우리는 서로 상대방에게 상냥하게 대했는데, 둘 모두에게 찬사를 보낼 만한 일이었다고 생각한다. 여기서 나는 그저 '상냥하게'라고만 표현하고 있지만 그것은 제니퍼 카빌레리를 사랑하고 그녀의 사랑을 받는다는 것이 어떤 것인지를 표현할 다른 적당한 어휘가 떠오르지 않기 때문이다.

케이프 코드로 떠나기 전에 우리는 북 케임브리지에 싸구려 아파트를 구할 수 있었다. 내가 북 케임브리지라 했지만 행정상 주소는 서머빌 시에 속해 있었고, 그 아파트는 제니의 표현을 빌면 황량한 상태였다. 원래는 2가구용으로 지어진 주택이었다. 하지만 지금은 네 세대가 살도록 나누어 놓았고, 말만 '싸게 내놓은 집'이었지 집세는 너무 비싸게 받아먹고 있었다. 그러나 대학원생인 내 재주로 무슨 딴 방법이 있겠는가? 부르는 게 값이었다.

"이봐, 올리버. 소방서에서는 왜 이런 집을 위험가옥으로 지정하지 않고 놔두는 거지?"

"안에 들어가기가 무서워서 모르고 있나봐.."

"그런 것 같군."

"6월에 그런 소릴 안 했는데."

(그때는 9월이었다.)

"그땐 결혼 전이었잖아. 결혼한 여자의 입장에서 생각해보니까 이곳은 아무래도 위험해 보여."

"그래서 어쩌겠다는 거야?"

"남편과 의논해 봐야겠어요. 그이가 알아서 처리하겠죠."

"이봐, 내가 당신 남편이라는 걸 모르나?"

"그런가요? 그럼 증명해보세요."

"어떻게?"

나는 이렇게 물었다. 설마 대로상에서 나보고 어쩌란 말은 아니겠지?

"나를 안고 문지방을 넘어가요."

그녀가 어처구니없는 주문을 했다.

"설마 그런 엉터리 미신을 믿는 건 아니겠지?"

"일단 안고 가 봐요."

좋아. 나는 그녀를 두 팔로 번쩍 안아서 다섯 층계를 올라 현관 앞에 섰다.

"왜 그만 가죠?"

"여기가 문지방 아냐?"

"천만에요, 틀려요."

"초인종 옆에 우리 이름이 있는데?"

"여긴 정식 문지방이 아니잖아. 위층이지, 바보!"

2층의 '정식' 우리 집은 24층계를 올라가야 했다. 나는 중간에서 숨을 돌리기 위해 한 번 멈춰야만 했다.

"왜 이렇게 무겁지?"

"내가 임신하리라고 생각해 본 일은 없어?"

그녀가 물었다. 숨쉬기가 더욱 곤란해졌다.

"당신, 임신했단 말야?"

나는 겨우 입을 열 수 있었다.

"하! 놀란 것 같은데?"

"아냐."

"내 눈은 못 속여, 예비교생"

"그래, 한순간 아찔했어."

나는 그녀를 안고 남은 층계를 올라갔다.

지금 돌이켜보면 그 순간이야말로 '긁어모으기'라

는 단어가 별로 어울리지 않은 몇 안 되는 순간의
하나였다.

나의 유명한 이름 덕분에 학생 신분으로는 드물
게 한 식품점과 외상거래를 틀 수 있었다. 그러나
내 유명한 이름은 전혀 생각지도 않았던 곳에서
말썽을 부리고야 말았다. 그것은 제니가 교편을 잡
기로 되어 있는 쉐디 래인 학교에서 벌어진 일이
었다.

"물론 잘 알고 계시겠지만 우리 학교에선 공립학
교만큼 급료를 드릴 수가 없어요."

교장인 미스 앤 밀러 휘트먼은 이렇게 말하고는
배럿 가의 사람에게는 '그런 점'은 별로 문제되지
않을 거라고 덧붙여 말하더라는 것이었다. 제니는
교장의 오해를 풀어보려고 애썼지만 1년에 3천 5
백 달러라는 애초의 급료를 올려주기는커녕 그녀
가 2분 동안 들은 것은 교장의 '호 호 호' 하는 웃
음소리뿐이었다. 배럿 가의 사람들도 남들처럼 집
세를 내고 살아야 한다는 제니의 말을 휘트먼 여
사는 재치 있는 유머로 받아들인 모양이었다.

제니가 그 이야기를 나에게 했을 때 나는 휘트먼
여사라면 그 쥐꼬리만 한 3천 5백 달러로 무엇을

할까 -호 호 호- 하는 엉뚱한 생각을 해보았다. 그러나 그때, 제니가 자신이 공립학교의 교사 자격을 얻을 때까지 대학원을 쉬고 자기를 먹여 살리지 않겠느냐고 물었을 땐 나는 입을 다물 수밖에 없었다. 나는 이 모든 사태에 대해 약 2초 동안 신중히 생각 해 본 다음 날카롭고 간단한 결론을 내렸다.

"빌어먹을."

"어머, 제법 호통을 치시는군."

내 아내가 말했다.

"그럼 뭐라 할 줄 알았어, 제니? '호 호 호' 하고 웃을까?"

"그럴 필요 없어. 스파게티를 좋아하는 법이나 연구하라고."

그렇게 했다. 나는 스파게티를 좋아하는 법을 배웠고, 제니는 파스타를 다른 음식처럼 보이게 하는 온갖 기술을 습득했다. 우리들이 여름에 벌어놓은 돈, 그녀의 월급, 크리스마스 우편물 폭주 동안 내가 계획한 우체국 밤 근무를 해서 번 돈 등으로 그럭저럭 살아갈 수는 있었다. 우리는 보고 싶어도 못 보는 영화가 많았으나 물론 제니가 좋아하는 음악회도 마찬가지였다. 그런 대로 간신히 생활만은 꾸려나가고 있었다.

물론 우리의 생활이란 겨우 끼니나 거르지 않고 있을 정도였다. 이제까지의 우리들의 사회적 생활 방식이 철저하게 뒤바뀌어 버렸던 것이다. 그래도 우리는 여전히 케임브리지에서 살고 있었으므로 이론상으로는 제니가 그녀의 음악 친구들과 교제해 나갈 수 있었다. 하지만 실제로는 그만한 시간이 없었다. 그녀는 쉐디 레인 학교에서 지쳐 돌아와서도 저녁을 준비해야 했다(외식을 한다는 것은 가능성 밖의 일이었다). 한편 내 친구들은 우리를 초대하지 않을 만큼 이해심이 많았다. 즉, 우리가 답례 초청을 하지 않아도 되게끔 일부러 우리를 초대하지 않았다는 뜻이다.

우리는 풋볼 경기 관람마저도 사양해야 했다. 나는 하버드의 바시티 클럽 회원자격이 있었으므로 50야드 라인의 지정석에 앉을 수 있었다. 그러나 입장권 한 장이 6달러였으므로 12달러나 되는 셈이었다.

"그렇지 않아."

제니는 이럴 때면 늘 우겨댔다.

"6달러야. 당신 혼자만 가면 돼. 난 풋볼에 관해선 사람들이 '또 한방 까'하고 소리 지르는 것 밖에 모르잖아. 그런데 당신은 그걸 좋아하니까 가보란 말이야."

"자, 그 문제는 그만해 두지."

나는 개인이기보다 남편이며 가장인 입장에서 대답하곤 했다.

"그걸 안 보면 그 시간에 공부를 할 수 있잖아."

그렇게 말은 했어도 나는 토요일 오후만 되면 트랜지스터를 귀에다 갖다 댔다. 그리고 거리상으로는 1마일밖에 떨어져 있지 않은 곳이지만 이제는 딴 세상이 된 그곳에서 관중들이 내지르는 함성을 듣곤 하는 것이었다.

언젠가 법과대학 동급생인 로비 왈드가 우리 집에 왔을 때 바시티 클럽 회원 특권을 이용해 입장권을 몇 장 구해준 일이 있었다. 로비가 싱글거리며 돌아간 후 제니는 그 클럽 좌석에는 어떤 사람들이 앉게 되는 것인지 다시 한 번 얘기해 줄 수 없겠느냐고 졸라댔다. 그래서 나는 다시 한 번, 연령이나 체격, 사회적 지위를 불문하고 경기장에서 하버드를 위해 훌륭한 공적을 남긴 사람들이 그 클럽의 회원이 될 수 있다고 말해주었다.

"수상 선수도 그래?"

"물론이지. 선수는 선수니까. 육상이든 수상이든 말야."

"그럼 당신은 예외잖아. 자기는 꽁꽁 얼어붙은 빙상이니까."

제니는 언제나 이와 같은 재치 있는 농담을 잘하기 때문에 이번에도 그런 류의 농담이려니 하고 이야기를 접어두기로 했다. 그녀가 묻는 하버드의 체육부의 빛나는 전통에 대해 더 이상 설명을 해봤자 별 소득이 있을 것 같지도 않았다. 그녀는 4만 5천 명이나 들어갈 수 있는 솔져스 경기장에, 과거의 선수들이 왜 그 옹색한 구석자리에 몰려 앉아 있어야 하느냐고 의아해할 뿐일 것이다. 전원이. 졸업생이고 재학생이고 가릴 것 없이, 수영 선수, 육상 선수 그리고 빙상 선수까지도. 그리고 그런 토요일 오후만 되면 내가 경기장에 따로 떨어져 있었던 일이 단지 6달러 때문이었을까?

아니다. 그녀가 다른 뜻을 품고 있었다 해도 나는 그 문제에 대해 더 이상 따지고 싶지 않았다.

13

올리버 배럿 3세 부처는

배럿 씨의 60회 생신을 축하하기 위해

오는 3월 6일 토요일 오후 7시에

매사추세츠 주 입스위치 시 도버하우스에서

만찬회를 베풀고자 하오니

참석하시어 축하해 주시기 바랍니다.

참석 여부 회신 바람

"어쩔 거야?"

제니퍼가 물었다.

"구태여 물어봐야 하나?"

나는 형법을 시작하기 전에 반드시 읽어야 하는 〈국가와 퍼시벌〉이라는 책의 발췌에 몰두하고 있는 중이었다. 제니는 나를 골려주려는 듯이 그 초대장을 내 앞에서 팔랑팔랑 흔들어 보였다.

"이젠 때가 됐다고 생각해, 올리버."

"무슨 때?"

"당신도 잘 아는 그 때 말야."

그녀가 대답했다.

"그분이 여기까지 와서 무릎을 꿇어야만 직성이 풀리겠어?"

그녀가 나를 윽박지르는 동안에도 나는 공부를 계속하고 있었다.

"올리, 그분이 당신한테 손을 내미신 거야!"

"쓸데없는 소리 마, 제니, 발신인은 어머니잖아."

"그 따위 편지 보지도 않았다고 하구선?"

그녀가 약간 큰 소리로 말했다.

그래, 아까 슬쩍 본 것 같기는 했지. 그러나 여태껏 까맣게 잊고 있었는지도 모른다.

어쨌든 나는 〈국가와 퍼시벌〉을 발췌하기에 몰두

하고 있었고, 시험의 망령에 사로잡혀 있었다. 이럴 땐 그녀가 내 앞에서 수다를 그만 떨어야 했다.

"올리, 생각해 봐."

그녀는 이제 애원하는 듯한 말투였다.

"그분은 이미 60세야. 당신이 겨우 화해할 심정이 됐을 때 그분은 이미 세상에 계실지 어떨지도 모르잖아."

나는 앞으로도 절대로 화해는 없을 것이니, 제발 공부 방해나 말아 달라고 잘라 말했다. 그녀는 내가 다리를 뻗고 있는 방석 한쪽에 몸을 웅크리고 조용히 앉았다. 그녀는 가만히 있었지만, 내 쪽을 뚫어지게 응시하고 있다는 것을 눈치 챘다. 나는 눈을 들었다.

"언젠가" 하고 그녀는 나를 바라보며 말했다.

"당신이 올리버 5세로부터 괴롭힘을 당할 때가 오면…."

"그 애는 올리버라는 이름으로 불리지는 않을 거야. 그것만은 분명해!"

나는 톡 쏘아붙였다. 그녀가 이번만은 목청을 돋우지 않았다. 언제나 내 소리가 높아지면 따라서 높아지곤 했는데.

"들어봐, 올. 우리가 그 아이 이름을 어릿광대 보

우조(Bozo)라고 부른다 해도, 당신이 과거 하버드의 유명한 선수였다는 것 때문에 언젠가는 그 아이가 당신을 원망하게 될 거라구. 그리고 그 아이가 대학에 입학할 때쯤이면 당신은 아마 대법원에 있겠지!"

우리 아들은 절대로 나를 원망하지 않을 것이라고 나는 그녀에게 말해주었다. 그랬더니 그녀는 어떻게 그걸 확신할 수 있느냐고 물었다. 그 증거를 제시할 수는 없었다. 우리 아들이 나를 원망하지 않으리라는 것을 알고 있을 뿐, 정확하게 그 이유를 댈 수는 없었다. 이윽고 제니가 아주 불합리한 논리를 내세웠다.

"당신 아버님 역시 당신을 사랑하고 계셔, 올리버. 당신이 보우조를 사랑하게 되는 것처럼 그분도 당신을 사랑하고 계시는 거야. 그러나 배럿 집안 사람들은 너무나 센 자존심과 경쟁심 때문에 평생을 서로 미워한다고만 생각하며 살아가겠지."

"당신만 아니면 그럴 테지."

나는 익살맞게 말했다.

"그럴 테지."

그녀가 말했다.

"이 문제는 그만해 두지."

남편이자 가장인 내가 이렇게 말했다. 나는 다시 시선을 〈국가와 퍼시벌〉로 돌렸고, 그녀는 몸을 일으켰다. 그러나 그때 그녀는 문득 잊고 있던 일을 생각해 냈다.

"초대장에 답장을 해야 할 일이 남아 있어."

나는 래드클리프 출신의 음악 대가쯤 되면 전문가의 도움 없이도 불참 통지쯤은 깜찍하게 작성할 수 있지 않느냐고 말했다.

"이것 봐, 올리버"

하고 그녀가 말했다.

"내가 여태껏 살아오는 동안 남에게 거짓말을 하거나 속임수를 쓴 일은 있었을 거야. 하지만 일부러 누구를 마음 아프게 한 일은 결코 없었어. 이 답장을 할 수 없어."

그런데 그 순간 그녀는 실제로 내 마음을 상하게 하고 있었다. 그래서 나는 천지가 얼어붙지 않는 한 우리는 참석하지 못하겠다는 요지만 전해진다면 나머지는 당신 좋을 대로 써달라고 정중히 부탁했다. 그리고 나는 다시 〈국가와 퍼시벌〉에 눈을 돌렸다.

"전화번호가 몇 번이야?"

아주 나직이 말하는 그녀의 목소리가 들렸다. 그

녀는 전화기 앞에 서 있었다.

"편지 한 줄로 써줄 수는 없겠어?"

"조금 더 있다간 내가 용기를 잃고 말겠어. 번호가 어떻게 돼?"

나는 전화번호를 불러주고는, 곧장 퍼시벌의 대법원에 대한 상고문에 몰두했다. 제니의 말소리에는 귀를 안 기울였다. 아니, 듣지 않으려고 애쓰고 있었다. 그러나 그녀는 같은 방에 있었던 것이다.

"어머− 안녕하세요."

그녀의 목소리가 들렸다. 서너버비치가 전화를 받는 것일까? 이번 주에는 그가 워싱턴에 있을 거라 했었는데? 〈뉴욕타임스〉의 근황소개 기사에는 그렇게 씌어 있었다. 거지같은 저널리즘도 요즘은 질이 더 떨어지고 있다.

참석 못하겠다는 말 한마디에 무슨 시간이 그렇게 걸리는 거야?

아무튼 제니퍼는 간단한 말 한마디 전하는 데 필요 이상으로 오랫동안 전화기를 붙들고 서 있었다.

"올리?"

그녀는 손으로 송화구를 막고 있었다.

"올리, 꼭 참석 못한다고 해야 돼?"

내가 고개를 끄덕인 것은 그래야 된다는 표시였

고, 손을 흔든 것은 어서 빨리 끝내버리라는 표시였다.

"정말 죄송합니다."

그녀가 전화에 대고 말했다.

"저희들은 정말 죄송하게 생각합니다, 아버님…"

저희들이라니! 기어이 나를 끌어들여야 한단 말인가? 그리고 어째서 요점만 전해주고 탁 끊어버리지 못하는 거지?

"올리버!"

그녀는 다시 송화구를 막고 큰소리로 말했다.

"그분은 상처를 입으셨어, 올리버! 그렇게 앉아서 아버지가 피를 흘리게 내버려둘 수 있어?"

그녀가 이렇게 감정이 격해 있지만 않았어도, 나는 돌덩이들은 피를 흘리지 않는다는 것, 그리고 부모에 대한 이탈리아식 지중해적인 그릇된 사고방식을 러쉬모어 산의 바위투성이 산꼭대기에 갖다 맞추려는 생각은 버리는 것이 좋을 거라고 다시 한 번 설명해 주었을 것이다. 그러나 그녀는 너무 흥분해 있었다. 그리고 나마저 흥분하게 만들고 있었다.

"올리버."

그녀는 애원했다.

"한마디만 할 수 없겠어?"

그에게? 그녀가 정신이 돌기 시작한 모양이군!

"그냥 '안녕하세요'하고 인사만이라도 해줘."

그녀는 내게 수화기를 내밀고 있었다. 그리고 울음을 참고 있었다.

"난 그 영감하곤 절대 애길 않겠어, 절대로."

나는 아주 조용히 말했다.

그러자 그녀는 울음을 터뜨리고 말았다. 울음소리를 내지 않았지만 눈물이 뺨을 흘러내렸다. 또다시 그녀는 애걸했다.

"나를 위해서야, 올리버. 이제까지 네게 뭘 부탁해 본 적도 없잖아. 제발 부탁이야."

우리 세 사람, 바로 우리 세 사람(어쩐지 나는 아버지가 이 방에 함께 있는 것처럼 느껴졌다)이 잠자코 서서 무언가를 기다리고 있었다. 무엇을? 나를 위해서?

절대로 그렇게는 못한다.

제니는 자기가 불가능한 것을 부탁하고 있다는 사실을 모르고 있는 것일까? 다른 것이었다면 무엇이든 들어 줄 수 있지 않은가? 내가 방바닥을 내려다 본 채 완강한 거부와 극도의 불쾌감의 표시로 머리를 젓고 있을 때 제니는 그녀에게서 한 번도 들어 보지 못한 격한 말투로 내게 소근댔다.

"당신은 피도 눈물도 없는 매정한 사람이야."

그러고는 아버지에게 다음과 같이 말했다.

"배럿 씨. 올리버는 그래도 자기 나름의 방식으로 아버님께서 이해해 주시길 진심으로⋯."

그녀는 숨을 쉬려고 말을 멈췄다. 울고 있어서 숨 쉬기가 쉽지 않았다. 나는 너무도 충격을 받아 꼼짝도 못하고 그저 내가 지시한 말이 끝나기를 기다리고만 있었다.

"올리버는 아버님을 몹시 사랑하고 있어요."

그녀는 얼른 전화를 끊었다. 다음 순간 내가 취한 행동에 대해서는 도저히 합리적인 설명을 할 수가 없다. 일시적 정신착란으로 생각해 주길 바란다. 아니, 그런 부탁은 그만 두련 다. 내가 한 일은 결코 용서받을 수 없기 때문이다.

나는 그녀의 손에 들린 수화기를 낚아채 소켓에 꼽힌 전화선을 뽑아버리고 팽개쳤던 것이다.

"넌 망할 계집이야, 제니! 내 인생에서 아주 사라져 버려!"

나는 별안간 동물이 된 것처럼 숨을 헐떡이며 서 있었다. 제기랄! 도대체 내가 어떻게 된 거지? 나는 제니 쪽으로 몸을 돌렸다.

그러나 그녀는 거기에 없었다.

아주 가버렸다는 말이다. 층계에서 발소리조차 듣지 못했다. 내가 전화기를 빼앗은 순간 밖으로 뛰쳐나간 것이 틀림없었다. 코트와 스카프마저도 그대로 있었다. 내가 저지른 일을 깨닫게 됐을 때 괴로움으로 가슴이 미어지는 것 같았다.

나는 모든 곳을 찾아 다녔다.

법과대학 도서관에서 열심히 책을 파고 있는 학생들 좌석 사이를 두리번거리며 헤맸다. 뒤로 앞으로, 적어도 대여섯 번은 왔다갔다하며 찾았다. 나는 입 밖으로 소리를 내지는 않았지만, 나의 격렬한 눈초리와 험악한 표정은 도서관 안의 녀석들을 모두 겁에 질리게 만들었다.

무슨 상관인가?

그러나 제니는 거기 없었다.

다음에는 하크니스 광장과 라운지, 그리고 간이식당을 모조리 뒤지고 다녔다. 래드클리프 여대의 애거시즈 강당 쪽도 미친 듯이 뛰어다녔다. 거기에도 없었다. 나는 사방으로 뛰어다니고 있었다. 심장이 터질 듯 나는 달렸다.

페인(Paine) 강당 쪽일까? (얼마나 얄궂은 이름인가!) 그곳 아래층에는 피아노 연습실들이 있다.

나는 제니를 잘 안다. 화가 날 때면 피아노 건반을 마구 두드려대는 것이다. 그렇겠지? 하지만 숨이 넘어 가게 겁에 질려 있을 때는 어떻게 할까?

양쪽에 연습실이 죽 늘어선 복도를 훑어 내려가는 내 모습은 미친 놈 같았을 것이다. 모차르트, 바르톡, 바흐, 브람스 등의 곡들이 문마다 새어나와 뒤범벅이 되어 지옥 같은 끔찍한 소리를 빚어 내고 있었다.

제니는 여기에 있는 게 틀림없다!

쇼팽 전주곡을 두드리는 (화가 나서?) 소리가 나는 문 앞에서 내 걸음은 본능적으로 멈춰 섰다. 잠시 숨을 돌렸다. 연주 솜씨가 엉망이었다. 멈췄다가는 다시 시작하곤 했으며, 틀리는 곳이 많았다. 한번은 멈췄을 때 "에이 씨!" 하고 중얼대는 여자의 목소리가 들려왔다. 제니임에 틀림없다. 나는 문을 벌컥 열었다.

한 래드클리프 여학생이 피아노 앞에 앉아 있었다. 그녀는 이쪽을 쳐다보았다. 못생기고 어깨가 딱 벌어진 래드클리프의 히피족 여학생이 나의 불의의 침입에 낯을 찌푸렸다.

"뭐예요, 당신?"

그녀가 물었다.

"미안, 미안."

하고는 나는 문을 다시 닫았다.

다음에는 하버드 광장을 찾아보았다. 팜플로나 카페, 토미즈 아케이드, 그리고 심지어 헤이즈 비크 까지도—거기에는 예술가 타입들이 많이 모여드는 곳이다. 그러나 제니는 거기에도 없었다.

도대체 어디로 사라진 것일까?

지금쯤 지하철이 끊길 시간이지만, 만약 그녀가 곧장 광장 쪽으로 갔다면 보스턴 행 열차를 탈 수 있었을 것이다. 버스터미널로 가는 열차 말이다.

내가 공중전화에 25센트 동전 하나와 10센트 짜리 동전 둘을 넣은 것은 거의 새벽 1시가 다 되어서였다. 나는 하버드 광장의 매점 옆에 늘어선 공중전화 부스들 중 하나에 들어가 있었다.

"여보세요, 필?"

"이봐요—"

그는 졸리는 목소리로 말했다.

"누구시오?"

"저예요 — 올리버예요."

"올리버라고!"

그는 겁을 먹은 목소리로 말했다.

"제니가 다쳤나?"

그가 급하게 물었다. 그가 그렇게 묻는 것을 보면 그녀는 거기에도 가 있지 않다는 말인가?

"아, 아닙니다. 필, 아닙니다."

"정말 다행이군. 그래 재미는 어떤가? 올리버?"

일단 딸의 안전을 확인하자 그는 평상시처럼 느긋하고 친절해졌다.

깊은 잠에서 깨어난 사람 같지 않았다

"좋아요, 필, 정말 좋아요. 그런데, 필, 제니한테서 소식은 듣나요?"

"별로 못 듣고 있어. 빌어먹을."

그는 이상하게도 나직한 목소리로 대답했다.

"무슨 말씀이시죠, 필?"

"도대체 전화라도 좀 자주 해줘야지, 젠장! 내가 남이 아니잖아. 안 그래?"

동시에 안심도 되고 겁도 날 수 있는 순간이 있다면, 내가 바로 그런 상태였다.

"그 애도 거기 같이 있나?"

"네?"

"제니를 좀 바꿔 줘봐. 내가 야단을 쳐줘야지."

"안 돼요, 필."

"아, 잠들었나? 자고 있다면 깨울 건 없어."

"예."

"내 말 좀 들어 봐, 이 친구야."

"네 말씀하시죠."

"크랜스턴이 얼마나 멀다고 일요일 오후에도 한 번 못 오나, 응? 아니면 내가 그리로 갈까, 올리버?"

"어 아니에요, 필, 우리가 가서 뵙죠."

"언제?"

"언제고 일요일에요."

"그 '언제'란 말 좀 그만두게. 충실한 사나이는 '언제'라고 하지 않고 '이번'이라고 하는 법이야. 이번 일요일이야, 올리버."

"알겠습니다, 이번 일요일에 가죠."

"오후 네 시야. 하지만 운전을 조심해서 와. 알겠는가?"

"알겠어요."

"그리고 다음부터 전화를 걸 때 수화자 부담으로 하라구."

필이 전화를 끊었다.

나는 다음에 어디로 가야할지, 무엇을 해야 할지 모른 채 섬과 같은 하버드광장의 어둠 속에 우두커니 서 있었다.

한 흑인 녀석이 다가오더니 나더러 마약 주사가 필

요한지 물었다. 나는 넋을 잃은 상태에서 대꾸했다.

"아니, 필요 없소"

이제 나는 뛰고 있지 않았다. 텅 빈 집으로 돌아가는데 서두를 필요도 없었다.

시간은 무척 늦었고 몸에는 감각이 없었다. 추위 때문이라기보다 놀람 때문이었다(그러나 결코 견딜 만한 추위가 아니었다는 것도 믿어주기 바란다).

몇 야드 떨어진 곳에서 나는 누군가 층계 위에 앉아 있는 것을 본 것 같았다. 그러나 그 그림자는 전혀 움직이지 않았다. 그랬기 때문에 내 눈이 뭔가를 잘못 본 줄 알았던 것이다.

그것은 제니였다.

그녀는 맨 위 돌층계에 앉아 있었다. 나는 너무 지쳐 있어서 놀라지도 않았고, 너무 안심이 되어 말도 나오지 않았다. 마음속으로 나는 그녀가 나를 두들겨 패줄 어떤 뭉툭한 도구라도 갖고 있기를 바랐다.

"제니?"

"올리?"

우리는 둘 다 너무나 조용히 말을 주고받았으므로 그 말속에 서로 어떤 감정이 담겨 있는지 알 길이 없었다.

"열쇠를 갖고 나가는 걸 잊었어."

제니가 말했다. 나는 얼마나 오래 거기에 앉아 있었느냐고 묻기가 두려워서 층계의 맨 아래 계단에 우두커니 서 있기만 했다. 그녀에게 못할 짓을 했다는 것만 확실히 알고 있을 뿐이었다.

"제니, 미안해."

"그만 해!"

그녀는 내 말을 가로막고 아주 나직이 말했다.

"사랑하는 사람 사이에 미안하다는 말은 하지 않는 거야."

나는 계단을 올라갔다.

"나 자고 싶어. 괜찮지?"

"그럼."

우리는 함께 우리의 아파트로 걸어 올라갔다. 우리가 옷을 벗고 있을 때 그녀는 안심시키려는 듯한 시선으로 나를 쳐다보았다.

"내 말 진심이야, 올리버."

그것이 전부였다.

14

그 편지가 온 때는 7월이었다.

케임브리지에서 데니스 항으로 전송되어 왔었기 때문에 나는 그 통지를 하루쯤 늦게 받게 된 것이다. 나는 공차기를(아니면 다른 뭔가를) 하고 노는 아이들을 돌봐주고 있는 제니에게 달려가 가장 그럴싸하게 흉내 내는 험프리 보가트처럼 말했다.

"자, 가요."

"으응?"

"가요."

나는 되풀이해 말했다. 나는 제법 위엄을 갖추고 말했으므로 제니는 바다 쪽으로 걸어가는 내 뒤를 따라오기 시작했다.

"대체 무슨 일이야, 올리버? 제발 좀 빨리 말해 줄 수 없어?"

나는 도크가 있는 데까지 성큼성큼 걸어갔다.

"보트에 타요, 제니퍼."

나는 편지를 쥔 손으로 배를 가리키며 명령했다. 그녀는 아직 그 편지를 눈치 채지 못하고 있었다.

"올리버, 난 아이들을 돌봐줘야 해."

그녀는 순순히 배에 오르면서도 항의했다.

"왜 이러는 거야, 올리버. 무슨 일인지 말해 주지 않겠어?"

우리는 이미 해안에서 2, 3백 야드 떨어진 바다 위에 있었다.

"당신한테 할 얘기가 있어."

"마른 땅에서 하면 안 되는 얘기야?"

그녀가 소리쳤다.

"안 되지, 절대로."

나는 되받아 외쳤다(둘 다 화가 난 것은 아니었으나, 바람이 거세어서 소리를 쳐야만 들을 수 있었다).

"당신과 단둘이만 있고 싶어서 그랬어. 자, 이걸 좀 봐."

나는 봉투를 그녀에게 흔들었다. 그녀는 곧 발신인을 알아보았다.

"이야─ 하버드 법과대학이잖아! 퇴학 맞았어?"

"다시 맞춰 봐. 이 말괄량이 아가씨야."

나는 다시 외쳤다.

"클라스에서 1등을 했군!"

그녀는 짐작으로 말했다. 이렇게 되면 그녀에게 가르쳐주기가 좀 쑥스러워지는데.

"아니야, 3등이야."

"어휴, 겨우 3등?"

"이봐, 3등이어도 〈법률학보〉 편집자는 될 수 있어."

그녀는 아주 무표정한 얼굴로 그저 앉아 있기만 했다.

"미치겠네. 제니."

나는 푸념 비슷하게 말했다.

"뭐라고 말 좀 해줘!"

"1등과 2등을 만나보기 전에 말 안할 테야."

그녀는 웃음을 참고 있었다. 어서 활짝 웃어주기 기대하며 나는 그녀를 바라보았다.

"빨리, 제니!"

나는 간청하듯 말했다.

"난 돌아갈 테야, 안녕"

하고 말하고 곧 그녀는 바다로 뛰어들었다. 바로 나도 그녀를 뒤따라 바다에 뛰어들었다. 다음 순간 우리 둘은 함께 뱃전에 매달려 킬킬대고 있었다.

"여어. 나를 위해 바다에 뛰어들었군."

내가 좀 익살맞게 말했다.

"너무 우쭐대지 마. 3등은 역시 3등이야."

"이봐, 아가씨. 내 말 좀 들어 봐."

"무슨 일인데요, 아저씨?"

"당신한테 빚지고 있는 게 너무 많아."

나는 진심으로 말했다.

"아냐, 아저씨, 사실은 안 그래."

그녀가 대꾸했다.

"사실이 아니라고?"

나는 약간 놀라서 물었다.

"당신은 내게 모든 것을 빚지고 있단 말야."

그녀가 대답했다.

그날 밤 우리는 거금 23달러를 털어 아마우스에 있는 조촐한 식당에서 바닷가재 요리를 먹었다. 제니는 여전히, 그녀의 표현처럼, 나를 패배시킨 그 두 사람이 누군지 조사할 때까지는 판단을 보류하겠다고 말하고 있었다.

바보 같은 소리로 들릴지 모르지만, 나는 그녀를 너무나 사랑하고 있었기 때문에 케임브리지로 돌아간 즉시 나를 앞지른 두 녀석이 누구인지 알아보았다. 1등은 64년에 보스턴 사립대학을 졸업한, 안경을 쓰고 책벌레 같은 허약한 느낌을 주는, 그녀가 별로 흥미를 느끼지 않는 타입의 어원 블라스밴드라는 녀석이었고, 2등은 브린마워 대학을 64년도에 졸업한 벨라 랜도우라는 여학생인 사실을 알고 안도의 숨을 내쉬었다. 더구나 다행인 것은 벨라 랜도우는 비교적 냉정한 느낌을 주는(여성 법학도답게) 여자였으므로 〈법률학보〉의 건물인 가네트 하우스에서 밤늦은 시간에 일어나는 일들을 제니에게 상세하게 이야기 해줌으로써 제니를 좀 골려줄 수도 있었다. 그리고 정말 밤늦게 일하는 날이 많았다. 새벽 2시나 3시에 집에 돌아오는 때도 많았다. 여섯 과목의 강의를 듣는 데다 〈법률학보〉의 편집일, 그리고 어느 호에 싣게 될 나의 논문(『도시 빈민에 관한 법률적 원조에 관한 고찰 : 보스턴 시 록스버리 지구를 중심으로 한 연구』 올리버 배럿 4세 씀, 하버드 법률학보, 1966년 3월 호, 861쪽에서 908쪽까지) 등이 겹쳐 있었기 때문이었다.

"좋은 글이야. 정말 좋은 글이야."

편집장인 조엘 플라이쉬만이 몇 번이고 되풀이한 말은 이것뿐이었다. 솔직히 내년이면 더글라스 판사 사무소의 서기관이 될 사람한테서 좀 더 명확한 찬사를 기대했었는데, 나의 최종 초안을 읽고 나서 되풀이하는 소리가 고작 그뿐이었다.

제니도 그 논문이 "예리하고, 지성적이며, 정말 잘 쓴 글"이라고 말해 주지 않았던가. 플라이쉬만은 그 정도라도 말해주지 못한단 말인가?

"플라이쉬만이 좋은 글이라고 하더군, 젠."

"어휴, 겨우 그런 말을 들으려고 이렇게 늦게까지 잠도 안자고 기다린 줄 알아?"

그녀는 이어 말했다.

"당신의 연구 방법이라든가 문체라든가 그 밖의 것들에 대해 언급하지도 않았어?"

"안 했어, 젠. 그는 그저 '좋다'고만 했어."

"그렇다면 무얼 하느라 이렇게 늦었지?"

나는 그녀에게 살짝 윙크를 보냈다.

"벨라 랜도우하고 같이 조사해야 할 일이 좀 있어서."

"그래?"

나는 그녀의 말투를 분간할 수 없었다.

"당신, 질투해?"

나는 단도직입적으로 물었다.

"아니, 내 다리가 훨씬 더 멋진걸."

"당신은 소송사건 적요서를 작성할 줄 알아?"

"그럼 그 여자가 라자냐(치즈, 토마토 소스, 국수, 저

민 고기 등으로 만든 이탈리아 요리)를 만들 줄 알아?"

"만들 수 있지. 사실은 그 아가씨가 오늘밤 그 요리를 가네트 하우스까지 날라다 주었으니까. 그리고 다들 하는 말이, 그 아가씨 다리가 당신 것만큼 예쁘다고 하던데?"

제니는 고개를 끄덕였다.

"그랬을 테지."

"거기에 대해 할 말은 없어?"

"벨라 랜도우가 당신의 집세를 치러 줘?"

"젠장, 난 왜 내가 유리할 때 그만 둘 줄 모르지?"

"왜냐하면요, 예비교생,"

하고 나의 사랑스런 아내가 말했다.

"자기는 절대 그만 둘 줄 모르는 사람이잖아."

15

⟶•◆•⟵

우리는 그 석차대로 졸업했다.

어윈, 벨라 그리고 내가 법과대학 졸업반의 상위 3명이었다. 승리의 순간은 눈앞에 임박하고 있었다. 취직 면접, 입사 제의, 탄원, 그럴듯한 감언이설. 어느 쪽으로 고개를 돌려도 누군가 "우리 회사에서 일해 주세요, 배럿!"이라고 쓴 깃발을 흔들고 있는 것만 같았다.

나는 참신한 깃발들만을 따라갔다. 나는 아주 미련하지만은 않았던 것이다. 그러나 나는 '긁어모으기'라는 그 지긋지긋한 낱말을 우리들의 어휘집에서 삭제시켜버릴 만한 벌이가 되는 직업을 구하기 위해, 가령 판사의 서기 같은 특권적 직업이라든가 법무부 같은 공중 봉사를 하는 일자리는 배제시켰다.

비록 3등이기는 했으나 나는 법조계의 가장 좋은

자리를 얻기 위한 경쟁에서 이루 말할 수 없이 유리한 조건을 하나 갖추고 있었다.

상위 10명 중에서 유태인이 아닌 사람은 나 혼자 뿐이었다(이런 것은 문제가 안 된다고 말하는 사람들일수록 그런 편견으로 꽉 차 있는 법이다). 백인이고 앵글로색슨이며 프로테스탄트라는 세 가지 조건만 갖추었다면 그저 변호사 시험에 합격만 해도 언제든 모시고 가기 위해 어떤 아첨도 마다않는 회사가 얼마든지 있는 판이었다.

사실, 나의 이력서를 보라.

〈법률학보〉의 편집부원, 올 아이비 멤버, 하버드 법과대학 출신 그리고 나머지에 대해서는 여러분이 알고 있는 바와 같다. 많은 사람들이 내 이름과 그 뒤에 붙는 숫자를 어떻게든 자기네 대열 속에 끼워 넣으려고 승강이를 벌였다. 나는 마치 특권층이라도 된 기분이었고, 그 기분을 매 순간 즐기고 있었다.

로스앤젤레스의 어느 회사에서 특히 매혹적인 제의를 해왔다. 채용 담당자인 아무개 씨는(왜 고소당할 모험을 저질러?) 나에게 다음과 같은 조건을 제시해 왔다.

"친애하는 배럿. 우리 회사에 입사만 하면 언제든 '그것'을 차지할 수 있지요. 낮이고 밤이고, 원한다면 사무실로 '그것'을 불러들일 수도 있지요."

우리가 캘리포니아에 흥미를 느낀 것은 아니면서
도 나는 여전히 아무개 씨가 하는 말이 무슨 뜻인
지 정확하게 알고 싶어 했다. 덕분에 제니와 나는
상당히 터무니없는 가능성을 타진해 보기도 했으
나 로스앤젤레스의 일자리는 그다지 꿈을 가질 만
한 것이 못되었다(마침내 나는 그 아무개 씨에게
'그것'에 대해 별 흥미가 없다면서 거절했다. 그는
어깨를 축 늘어뜨렸다).

사실, 우리는 동해안 쪽에 그냥 머물러 있기로
결정했다. 그 결과, 우리는 보스턴, 뉴욕, 워싱턴
등지로부터 환상적인 제의를 10여 번이나 받게 되
었다. 제니는 한때 워싱턴 D.C.가 좋겠다고 생각했
으나 ("백악관에 도전할 수 있거든, 올.") 나는 뉴
욕 쪽에 마음이 쏠렸다.

그래서 마침내 나는 아내의 전폭적 지지를 받고
조나스 앤드 마쉬(마쉬는 전 법무장관이었다)라는,
개인적 자유를 상당히 존중해 주는 법률사무소로
결정을 했다. ("자기는 잘해낼 수 있고 금방 성공
할 거야" 하고 제니는 말했다.) 그들도 역시 나에
게 사탕발림을 했다. 즉, 조나스 영감이 보스턴까
지 올라와 우리 내외를 유명한 파이어 포 레스토

랑의 만찬에 초대했고, 다음날 제니에게 꽃을 보내
왔던 것이다.

제니는 거의 일주일 내내 "조나스 마쉬 앤드 배
럿" 하며 콧노래를 부르고 있었다. 내가 그녀에게
너무 좋아하지 말라고 말했더니 그녀는, 당신도 아
마 머릿속에서는 같은 노래를 부를 텐데 너무 점
잔을 떨지 말라고 했다. 두말할 나위 없이 그녀의
말이 옳았다.

한마디 덧붙인다면 조나스 앤드 마쉬 회사는 올
리버 배럿 4세에게 연봉 1만 1천 8백 달러를 지
불했는데, 이것은 우리들 졸업생 가운데 최고 급
료였다.

결국 나는 다만 대학에서만 3등이었던 것이다.

16

〈주소 이전 통지〉

1967년 7월 1일부터
올리버 배럿 4세 부부는
뉴욕 주 뉴욕 시 동부 63번가 263번지로
이전합니다.

"마치 벼락부자라도 된 것 같군."
제니가 투덜댔다.
"하지만 우리는 벼락부자인 걸."
나는 우겼다.
 거기에 자동차 할부금 지불액이 케임브리지 시절
의 아파트 집세와 거의 맞먹는 액수라는 사실만큼
내 기쁨을 더해 주는 것은 없었다. 조나스 앤드 마
쉬 회사 사무실은 보통 걸음으로(혹은 점잔빼는

걸 걸이로–나는 이 걸음이 마음에 들었다) 고작 10여 분이면 갈 수 있는 곳에 있었다. 게다가 가까이 '본위치' 같은 장신구 가게들이 있었으므로, 나는 아내에게 즉시 외상거래를 터서 이제부터 소비를 해보라고 말했다.

"왜, 올리버?"

"왜냐하면 말야, 젠장. 제니, 나도 당신이 아양을 떠는 것을 좀 보고 싶어서!"

나는 뉴욕의 하버드 클럽에 가입했다. 그것은 몇 안 되는 베트콩 군인들 쪽으로 총을 갈기고 돌아와("그것이 사실 베트콩이었는지 확실치 않아. 무슨 소리가 나기에 그저 숲속에다 대고 쏘았지, 뭐.") 제대한 64년도 졸업생 래이몬드 스트래턴의 권유에 의한 것이었다. 래이와 나는 일주일에 적어도 세 번은 스쿼시를 했는데, 나는 내심 앞으로 3년 내에 클럽 챔피언이 되겠다고 작정하고 있었다. 내가 다시 하버드 세력권 안에 모습을 드러낸 때문인지, 아니면 나의 법과대학 시절의 성적이 쫙 퍼졌기 때문인지(나는 솔직히 봉급 자랑을 하지 않았다) 나의 친구들이 다시 나를 찾게 되었다. 우리는 한여름에 이사를 했고(나는 뉴욕 사법관시험 준비를 위해 특설 코스를 수강해야 했다) 여러 주

일이 지나서야 비로소 첫 초대를 할 수 있었다.

"엿이나 먹으라구, 올리버. 난 그 예비교생 떨거지들을 상대로 이틀이나 낭비하고 싶진 않단 말이야."

"알았어, 젠, 하지만 녀석들에게 뭐라고 핑계를 댄다?"

"내가 임신했다고 말해, 올리버."

"그게 정말이야?"

"아니. 하지만 우리가 이번 주말에 집에 있게 되면 정말 그렇게 될지도 모르잖아."

우리는 이미 아이 이름을 하나 골라놓고 있었다. 솔직히 말하자면, 내가 골라놓고 나중에 제니의 동의를 얻겠다는 생각을 하고 있었다.

"이봐, 웃지 말아야 해."

나는 그 문제를 꺼내면서 이렇게 말했다. 이때 그녀는 부엌에 있었다(접시닦개로도 쓸 수 있는, 열쇠가 매달린 노란색 기구를 만지고 있었다).

"뭐?"

그녀는 토마토 채를 썰면서 물었다.

"나 말야, 보우조라는 이름이 정말 좋아졌어."

"진심으로 하는 얘기야?"

그녀가 물었다.

"우리 아기 이름을 보우조라고 짓겠다는 말이야?"

"그래, 진심이야, 제니. 이건 굉장한 운동선수 이름이거든."

'보우조 배럿'하고 그녀는 시험 삼아 불러보았다.

"믿을 수 없을 만큼 굉장한 선수가 될 거야."

나는 한 마디 한 마디를 확신하며 계속 말했다.

"보우조 배럿, 하버드의 올 아이비 팀의 위대한 공격수."

"이야. 하지만 올리버, 만약 만약에 말야. 아이가 이름값을 못하면 어떡하지?"

"그럴 리 없어, 젠, 유전자가 너무나 좋은걸. 사실이야."

나는 정말 그렇게 생각했다. 회사에 점잔 빼고 출근하는 길에 나는 마음속으로 자주 보우조에 관한 백일몽을 꿈꾸곤 했다.

나는 저녁 식사 때 이 문제를 끄집어냈다. 우리는 이미 큼직한 덴마크 제 사기그릇을 사두었었다.

"보우조는 균형이 잘 잡힌 풋볼 선수가 될 거야."

"사실, 만약 당신 손을 닮았으면 그 애를 수비수로 세울 수도 있어."

내가 이렇게 말하자 그녀는 그저 생글거리며 나를 바라보고 있었는데, 속으로는 틀림없이 나의 아

름다운 환상을 깨뜨려 줄 만한 신랄한 말을 찾고
있었을 것이다. 그러나 결정적으로 찬물을 끼얹을
만한 말이 생각나지 않았으므로 그녀는 잠자코 케
이크를 잘라 한 조각을 내게 건넸다. 그러고서 그
녀는 또 내 이야기를 들어주어야만 했다.

"생각해 봐, 제니."

나는 한 입 가득 케이크를 우물거리며 말했다.

"240파운드 짜리 대형 선수야."

"240파운드라구?"

그녀는 놀란 듯 물었다.

"우리 유전자에는 240파운드나 될 요소가 없어,
올리버."

"잘 먹여서 키워야지, 젠, 고단백질, 뉴트라멘트
등 모든 영양소를 다 먹이는 거야."

"오, 그래? 만약 먹지 않으려고 들면, 올리버?"

"먹을 거야, 꼭."

내겐 장차 우리 식탁에 함께 앉게 될 그 아이가
이미 거기 앉아 있는 것처럼 느껴졌다. 아이의 성
공을 위해 운동에 기대를 걸고 있는 내 계획에 어
째서 협력하지 않느냐고 그 아이를 야단치기라도
하듯 말 했다

"먹어야지. 안 그랬다가는 내가 묵사발을 만들어

줄 거야."

이 말에 제니는 내 눈을 똑바로 쳐다보면서 빙그
레 웃었다.

"그 애가 240파운드나 나간다면 당신 마음대로
하지 못할 걸."

"그렇겠지."

나는 주춤했다가 얼른 다음 말을 떠올렸다.

"하지만 금방 240파운드가 되는 것은 아니니까!"

"그럼, 그렇구말구."

제니는 나를 타이르듯이 스푼을 흔들며 말했다.

"하지만 예비교생. 그 애가 그만큼 되면 달아나
버릴걸?"

그녀는 배꼽을 잡고 웃어댔다. 확실히 우습기는
했다. 그러나 그녀가 웃어대고 있는 동안 내 눈앞
에는 기저귀를 찬 240파운드짜리 갓난아기가 센트
럴 파크에서 나를 뒤쫓아 오면서 "우리 엄마한테
좀더 친절하게 대해, 예비교생!" 하고 소리치는 모
습이 좀처럼 뇌리에서 떠나지 않았다. 제발 제니가
보우조를 말려서 나를 때려눕히지 못하게 하기를
바랄 뿐이었다.

17

～•～

아기를 만든다는 것은 그렇게 쉬운 일이 아니다.

처음 몇 해 동안은 성생활을 하면서도 여자에게
는 임신을 시키면 안 된다는 생각에 사로잡혀 지
낸 사내들이(내가 처음 시작했을 때는 콘돔이 아
직도 유행하고 있었다) 이번에는 정반대로 임신시
키는 일에만 골몰한다는 것은 확실히 아이러니컬
한 면이 있다고 하겠다.

그렇다, 그것은 하나의 강박관념이 될 수도 있다.
그리고 그것은 자연스럽고 행복한 결혼생활 중에
서 가장 즐거운 일면을 상실케 할 수도 있다. 생각
을 계획적으로 한다는 것('계획하다'라는 동사는
불행한 동사이다. 그것은 기계가 되기를 강요하기
때문이다), 사랑의 행위에 관한 생각을 규칙, 날짜,
전략("내일 아침이 더 낫지 않을까, 올?")에 입각
하며 계획한다는 것은 불쾌와 혐오와 나아가서는

공포의 원인이 될 수도 있는 것이다.

초보자로서 자신이 가진 지식(자기 딴에는)과 정상적이고 건강한 노력이 자손을 번식시키는 데 전혀 도움이 되지 못하고 있다는 것을 알았을 때, 인간은 마음속에 가장 끔찍스러운 생각을 품게 될 수도 있는 것이다.

"배럿. 자네도 이해하리라 믿네만 '불임'이란 것은 남자의 '생식력'과는 아무 관계도 없는 거네."

이것은 제니와 내가 마침내 전문의에게 진찰을 받아 보기로 결심한 날, 처음으로 대화를 나누던 중 의사인 모티머 셰퍼드가 내게 한 말이다.

"그이도 알고 있어요, 선생님."

제니가 나를 대신해서 말했다. 나로서는 한 번도 이 문제를 얘기해 본 적이 없었으나, 생식불능이라는 생각이 ─ 내가 생식불능일 수도 있다는 ─ 나한테는 커다란 충격이 되리라는 것을 그녀는 알고 있었다. 만약 결함이 발견된다면 그것이 자기 쪽이길 바라고 있다는 사실은, 그녀의 목소리를 통해 느낄 수 있지 않았나!

의사는 두 사람 모두에게 결함이 있는 최악의 경우를 설명했다. 그리고 두 사람이 모두 정상적일 가능성도 충분히 있으며, 소망대로 곧 아버지 어머니가 될 수 있다고 말했다. 그러나 그 전에 물론 둘 다 종합진단을 받아야만 되었다. 그야말로 육체적 종합진단 말이다. 그것은 노동에 가까웠다(나는 이 전면적 검사라는 불쾌한 과정에 대해 여기서 되풀이하고 싶지 않다).

우리는 월요일에 건강진단을 받았다. 제니는 낮 동안에, 그리고 나는 일을 마친 다음이었다(이상하게도 이날은 법률의 세계에 몰두할 수 있었다). 셰퍼드 선생은 금요일에 제니를 다시 불러서, 간호사가 실수한 몇 가지 검사를 다시 해야겠다고 해명했다. 제니에게서 병원에 다시 갔다는 이야기를 들었을 때, 나는 혹시 그녀에게서… 어떤 불완전한 점을 발견한 것이 아닐까 의심이 들기 시작했다. 그녀 역시 같은 심정인 것 같았다. 간호사가 혼동했다는 핑계는 진부하고 미덥지가 않았다.

셰퍼드 선생으로부터 조나스 앤드 마쉬 회사에 전화가 걸려왔을 때, 내겐 모든 것이 확실해졌다.

돌아가는 길에 그의 방에 잠깐 들려줄 수 있느냐는 것이었다. 의사 선생이 이것은 세 사람이 할 대화가 아니라고 말하자("부인께는 오늘 아침에 전화로 말씀드렸지요"), 나의 의심은 더욱 명확해졌다. 제니가 아기를 가질 수 없는 것이다. 그러나 그것을 절대적으로 믿지는 말자, 올리버. 셰퍼드 선생이 말했듯이 교정 수술 같은 것도 있지 않은가. 그러나 나는 아무래도 일에 정신을 집중시킬 수가 없었으므로, 다섯 시까지 우두커니 기다린다는 것이 어리석게 느껴졌다. 나는 셰퍼드 선생에게 다시 전화를 걸어서 오후에 일찌감치 만나줄 수 없겠느냐는 물었다.

"어느 쪽에 결함이 있는지 아셨습니까?"

나는 단도직입적으로 물었다.

"사실, '결함'이랄 것도 없네, 올리버."

그는 대답했다.

"그럼 좋습니다. 그렇다면 우리 둘 중 누구에게 기능 장애가 있는지 아십니까?"

"알고 있네. 제니이지."

나는 다소간 각오가 되어 있기는 했으나, 의사 선생이 그 말을 최종적으로 선언하자 역시 충격을 받지 않을 수 없었다. 그는 그 이상 아무 말도 하지 않았다. 그는 뭔가 내 말을 기다리고 있는 것 같았다.

"좋습니다. 그럼 우린 양자를 얻겠습니다. 중요한 것은 우리가 서로 사랑한다는 점이죠. 안 그렇습니까?"

그제야 그는 내게 이야기했다.

"올리버, 문제는 그보다 더 심각해요. 제니는 중병이야."

"그 중병이란 말을 설명 좀 해주시겠어요?"

"그녀는 죽어가고 있네."

"그럴 리가 없어요."

그렇게 말하고 나서 나는 의사 선생이 지금 한 말은 모두 지독한 농담이었다고 말해주기를 기다리고 있었다.

"정말이네, 올리버. 이런 말을 해야 한다는 것이 매우 유감스러울 뿐이군."

나는 그가 무슨 실수를 한 것이 아니냐고, 혹시 그의 바보 같은 간호사가 또 실수를 해서 엉뚱한 사람의 X레이 사진을 그에게 내놓았거나 다른 실수가 있었을 것이라고 말했다. 그는 동정 어린 말투로, 제니의 혈액검사를 세 차례나 거듭했다고 대답했다. 진단에 잘못이 있을 수는 없다고 했다. 그는 물론 우리를 — 나를 — 아니, 제니를 혈청학 전문의에게 소개해 주겠다고 했다. 사실, 그는 그렇게 권유할 수 있었다.

나는 손을 저어 그의 말을 가로막았다. 잠깐 동안 만이라도 침묵이 필요했다. 모든 사실을 진정시킬 침묵이 필요했던 것이다. 이윽고 한 가지 생각이 떠올랐다.

"제니에게 뭐라고 말씀하셨죠, 선생님?"

"두 사람 모두 이상이 없다고 말했네."

"그대로 받아들이던가요?"

"그런 것 같았네."

"언제 본인에게 말해 줘야 합니까?"

"현재로서는 모두 자네에게 달렸네."

나한테 달렸다! 제기랄. '현재로서는' 나는 숨도 쉴 수 없을 것 같은데.

의사의 말이 현재의 의학으로는 제니와 같은 경우의 백혈병은 병을 단지 완화시킬 수 있을 뿐 곧 경감시키거나 진행을 늦출 수는 있지만 회복시킬 수는 없다고 했다. 그러니까 이 시점에서 모든 것은 내가 결정해야 한다는 것이다. 당분간 치료를 보류 할 수도 있다고 했다.

그러나 그때 내 머릿속에는 도대체 이런 말도 안 되는 일이 어떻게 있을 수 있느냐는 생각 밖에 떠오르지 않았다.

"이제 겨우 스물넷입니다."

나는 의사에게 소리쳤던 것 같다. 그는 고개를 끄덕였다. 참을성 있게. 제니의 나이를 알고 있고,

그것이 나에게 얼마나 고통스러운 일인가도 이해한다는 듯이. 마침내 나는 이렇게 의사의 방에 무작정 앉아 있기만 할 수는 없다는 것을 깨달았다. 그래서 나는 어떻게 했으면 좋겠느냐고 물었다. 즉 '내가' 무엇을 해야 하느냐고 물었다. 그는 되도록 오랫동안, 되도록 아무 일 없는 것처럼 행동하라고 말했다. 나는 그에게 고맙다는 인사를 하고 그곳을 나왔다.

아무 일도 없는 것처럼! 아무 일도 없는 것처럼!

18

~>+—•+~

나는 신에 대해 생각하기 시작했다.

어딘가에 절대자가 실재하고 있다는 관념이 나의 은밀한 생각 속으로 기어 들어오기 시작한 것이다. 그 신이 제니에게 한 일에 대해, 그의 얼굴을 갈겨주고 그에게 주먹을 날려 쫓아내려고 한 것은 아니었다. 그게 아니라, 내가 가지고 있던 종교적 감정들은 그 반대였다. 내가 아침에 잠을 깨면 제니가 내 곁에 있을 때 같은 경우 말이다. 그녀는 아직도 거기 있다. 그녀가 가엾지만 무엇을 어떻게 해야 좋을지 모른 상태에서도, 나는 그녀가 곁에 있다는 사실에 대해 감사드릴 수 있는 신이 있었으면 하고 바랐던 것이다. 신이시여, 내가 이렇게 잠에서 깨어나 제니퍼를 다시 볼 수 있게 해주신 것을 감사드립니다.

나는 아무 일 없는 것처럼 행동하려고 무진 애를

쓰고 있었다. 물론 그래서 아침 식사를 준비하는 따위의 일들을 그녀가 하도록 내버려두었다.

"오늘 스트래턴을 만날 거지?"

그녀는 내가 스페셜 케이(아침 식사용 시리얼)를 두 그릇째 먹고 있을 때 물었다.

"누구라고?"

"래이몬드 스트래턴, 64년도 졸업생 말이야."

그녀가 말했다.

"당신의 가장 친한 친구. 나를 만나기 전에 한 방을 쓰던 친구 말야."

"그래, 오늘 스쿼시를 하기로 했지. 하지만 취소할까 봐."

"말도 안 돼."

"왜 그래, 젠?"

"게임을 취소하지 마, 예비교생. 난 맥아리를 못 쓰는 남편은 딱 질색이니까."

"알았어. 그럼 우리 시내에서 저녁이나 먹지."

"왜?"

"'왜' 라니, 무슨 말이 그래?"

나는 보통 때처럼 화를 내는 척 하며 버럭 소리를 질렀다.

"내 마누라를 저녁 식사에 데리고 나가고 싶어도

못 나간단 말이야?"

"어떤 여자야, 배럿? 그 여자 이름이 뭐지?"

"뭐라구?"

"날 봐."

그녀는 뭔가를 설명하려고 했다.

"주중에 아내를 외식까지 시켜 주려고 데리고 나
간다? 어떤 여자와 사귀고 있는 게 틀림없어!"

"제니퍼!"

기분이 잡쳐서 나는 버럭 소리를 질렀다.

"아침 식탁에서 그따위 얘기는 하고 싶지 않아!"

"그럼 이따 저녁 식사 땐 당신 엉덩이를 이 테이
블 앞에 쿵 내려놓으세요, 됐지?"

"좋아."

나는 신에게, 그 신이 누구이든 어디에 있든, 나
는 현재 상태에 만족하겠다고 말했다. 저는 고통스
러워도 개의치 않습니다. 신이시여, 제니만 모르게
해주신다면 제가 알고 있는 사실을 기꺼이 받아들
이겠습니다. 제 말이 들리나이까, 신이시여. 모든
것을 당신의 뜻에 따르겠습니다.

"올리버?"

"네, 조나스 씨?"

그는 나를 자기 방으로 불렀다.

"베크 사건 잘 알고 있나?"

물론 잘 알고 있었다. 〈라이프〉지의 사진기자 로버트 L. 베크가 폭동 현장을 찍으려다가 시카고 경찰에 폭행을 당한 사건이었다. 조나스는 이 사건이 회사로서는 매우 중요한 사건들 가운데 하나로 생각하고 있었다.

"그를 때려눕힌 경찰관들은 알고 있습니다."

나는 명랑하게 (하!) 조나스에게 말했다.

"이 사건 자네가 담당해 주었으면 하네, 올리버."

"제가요?"

"젊은 사람을 하나 붙여 주지."

젊은 사람이라니? 내가 사무실에서 가장 젊은 사람이었다. 그러나 나는 그가 내린 지시의 의도를 알았다. 올리버, 자네는 나이는 확실히 젊지만, 자네는 이미 우리 회사의 간부급 중의 한 사람일세. 우리 간부들 중 하나란 말일세, 올리버.

"감사합니다."

"그럼 언제쯤 시카고로 떠날 수 있겠나?"

그가 물었다. 나는 아무에게도 말하지 않고 모든 짐을 나 혼자서 지기로 결심하고 있었다. 그래서 나는 지금으로서는 뉴욕을 떠날 수 없을 것 같다고 말했다. 무슨 이유 때문인지는 정확히 기억이 나지 않는다고 그에게 말했다. 조나스 영감은 적지 않게 실망을 하였다. 그러나 나는 그가 이해해 주기를 바랐다. 그러나 그는 내가 거절했다는 것 때문에 실망의 빛을 감추려 들지 않았다. 조나스 씨, 언젠가 당신이 나의 진짜 이유를 알게 된다면!

이상하게도 올리버 배럿 4세는 회사를 조퇴하고서도 여느 때보다 더 천천히 집을 향해 걸어가고 있었다. 이걸 어떻게 설명할 수 있을까?

내게 별로 내키지 않았지만, 그 평상시처럼 보이게 하려는 거짓된 행동을 나는 계속할 필요가 있었다. 그랬기 때문에, 제니퍼를 위해 사주고 싶은 멋있고 한편으론 야단스러운 물건들을 눈요기하며 5번가를 거니는 버릇이 생겼다.

그렇다. 나는 집에 돌아가는 것이 두려웠다. 왜냐하면 진상을 알고 나서부터 몇 주일이 지난 지금, 그녀는 여위어가기 시작했기 때문이다. 여윈다 해도 극히 약간씩이었으므로, 그녀 자신도 아마 눈치 채지 못했을 것이다. 그러나 모든 것을 알고 있는 나는 그것을 알아챘다.

나는 여행사의 진열장도 들여다보았다. 브라질, 카리브해, 하와이("자, 모든 것에서 해방되어 ─ 햇

빛 찬란한 곳으로 날아가 보세요!") 등등. 마침 이 날 오후, TWA는 시즌이 끝난 유럽행 여행을 선전하고 있었다. 쇼핑은 런던으로, 연인들은 파리로…

"내 장학금은 어떻게 하구? 내 평생 한 번도 못 가 본 파리는 어떻게 하구?"
"우리들의 결혼은 어떻게 되지?"
"누가 결혼에 관해서 뭐라 말한 적 있어?"
"내가. 내가 지금 말하고 있잖아."
"나하고 결혼하고 싶은 거야?"
"그래."
"왜?"

나는 이상하게 외상이라면 좋아해서, 다이너스클럽의 카드도 오랜 전부터 가지고 있었다. 찍! 점선 위에 내 사인을 했다. 이렇게 나는 연인들의 도시로 가는 비행기표 두 장(그것도 1등석으로)의 자랑스러운 소유자가 되었다.

내가 집에 돌아왔을 때 제니는 약간 창백하고 힘없는 기색이었다. 그러나 나는 나의 꿈같은 계획이 그녀의 두 뺨에 생기를 불어넣어 줄 수 있기를 바랐다.

"자, 알아 맞춰 보세요, 배럿 여사."

"해고당했군."

낙천적인 아내가 추리를 했다.

"천만에. 날아가는 거야."

나는 대답하고 비행기 표를 꺼냈다.

"위로, 위로 그리고 멀리 날아가는 거야. 내일 밤은 파리에서."

"그만 해, 올리버."

그녀가 말렸다. 그러나 여느 때처럼 대드는 척하는 어조가 아니고 조용한 음성이었다. 또 다시 같은 말을 했을 때 이번에는 애정이 담겨 있었다.

"그만 해, 올리버."

"이봐, 그 그만하라는 말이 무슨 뜻인지 좀 더 명확히 말해 주겠어?"

"날 봐, 올리"

하고 그녀는 나직이 말했다.

"우리 이제부턴 그런 식으로 해선 안 돼."

"뭘 하면 안 된다는 거야?"

나는 물었다.

"나 파리 같은 데 가고 싶지 않아. 갈 필요도 없어. 당신만 있어 주면…."

"나야 이미 당신 것이잖아, 여보!"

나는 명랑한 척하며 말을 가로막았다.

"그리고 내 시간을 가지고 싶어."

그녀는 하던 말을 계속 했다.

"그건 당신도 나에게 줄 수 없는 거야."

이때 나는 그녀의 눈을 들여다보았다. 두 눈은 말할 수 없이 슬퍼 보였다. 그러나 나만이 알아볼 수 있는 그런 슬픔이었다. 그녀의 눈은 미안하다고 말하고 있었다. 즉, 나한테 미안해하는 것이다.

우리는 서로 말없이 손을 잡은 채 거기에 서 있었다. 제발 우리 둘 중의 어느 한 사람이 울게 되면 둘이 함께 울게 해주시옵소서. 그러나 가급적이면 둘 다 울지 않게 해주시옵소서.

제니는 '아무래도 몸이 이상한 것' 같아, 상담이 아니라 사실을 제대로 파악하기 위해 다시 셰퍼드 의사를 찾아갔었던 경위를 설명했다. 그리고 도대체 몸이 어디가 나쁜지 말해 달라고 했더니 의사가 이야기를 해주었다고 했다.

이상하게도 나는 내가 먼저 그녀에게 밝혀 주지 않는 데 대해 죄의식이 느껴졌다. 그녀도 나의 심정을 알아차리고 일부러 익살을 떨며 말했다.

"그인 예일대학 출신이잖아, 올."

"누가 말이지, 젠?"

"애커먼, 혈청 전문의 말이야. 속속들이 예일이거든, 대학도 의대도 모두가."

"그렇군."

나는 그녀가 침울한 대화에 가벼운 농담을 던지려는 의도를 알고 있었다.

"그럼 최소한 읽고 쓸 줄은 아는 친구겠지?"

내가 물었다.

"글쎄, 그건 두고 봐야겠지"

하고 64년도 래드클리프 출신인 올리버 배럿 부인은 미소 지었다.

"그런데 얘기는 할 줄 알던데. 그래서 그와 얘기가 하고 싶었지."

"그럼 예일 출신의 의사치곤 괜찮은 친구로군."

내가 말했다.

"괜찮았어."

그녀가 말했다.

19

적어도 이제는 집으로 돌아가는 것이 두렵지 않게 되었다. '아무 일 없는 것처럼 행동한다'는 일에 마음을 쓸 필요가 없어진 것이다. 우리는 다시 한 번 서로 숨김없는 생활로 돌아갔다. 비록 우리가 함께 할 시간이 하루하루 줄어들고 있다는 무서운 사실을 알고 있기는 했었지만.

우리는 상의해야만 할 일들이 있었다. 그러나 그것은 스물네 살짜리 부부들이 늘 의논하곤 하는 그런 것이 아니었다.

"앞으로도 굳세어 주길 바래, 하키의 명선수."

그녀는 말했다.

"그러지, 꼭."

대답하는 하키의 명선수인 나도 사실은 두려워하고 있다는 사실을, 마음속을 잘 꿰뚫어보곤 하는 제니가 알아차리고 있는지 나는 궁금했다.

"내 말은 필을 위해서야."

그녀는 계속 말했다.

"아버지에겐 가장 큰 충격이 될 테니까. 결국 당신이 명랑한 홀아비가 돼야지."

"난 명랑해질 수가 없어."

내가 가로 막았다.

"명랑해져야 한다니까. 난 당신이 명랑해지길 바래, 알았지?"

"알았어."

"좋아."

그리고 한 달쯤 지난 어느 날 저녁 식사가 바로 끝난 뒤의 일이었다. 식사 준비는 여전히 자기가 하겠다고 고집을 부렸지만, 간신히 설거지만은 내가 하는 것으로 설득시켰다(이것마저도 '남자가 할 일'이 못 된다고 반대하면서 나를 흥분시켰지만), 내가 접시를 치우고 있는 동안 그녀는 피아노 앞에 앉아 쇼팽을 치고 있었다. 문득 전주곡 중간에서 피아노 소리가 멎더니, 그녀는 곧 거실로 들어갔다. 그녀는 거기 가만히 앉아 있었다.

"당신 괜찮아, 젠?"

나는 아픈 사람을 의식하고 물었다. 그러나 그녀

는 다른 질문으로 대답을 대신했다.

"당신 택시비 낼 돈 있어?"

그녀가 물었다.

"그럼, 어디로 가고 싶어?"

"병원 같은 데."

그 말이 끝난 직후 그녀는 거의 몸을 가누지 못했으므로 나는 바로 올 것이 왔음을 알아차렸다. 제니는 우리들의 아파트에서 걸어 나가서 다시는 돌아오지 못할 것이다. 내가 그녀를 위해 몇 가지 물건을 챙기는 동안 가만히 앉아 있는 그녀의 마음속에 무슨 생각이 오가고 있는지 궁금했다. 이 집에 대해 무슨 생각을 하고 있을까? 무엇을 바라보며 마음에 간직하고 싶어 하는 것일까?

아무 것도 바라보고 있지 않았다. 그녀는 전혀 아무 것에도 초점을 맞추지 않은 채 가만히 앉아 있기만 했다.

"이봐,"

나는 젠을 불렀다.

"뭐 특별히 가져가고 싶은 거라도 있어?"

"으응."

그녀는 아니라고 고개를 흔들다가 잠시 생각한 뒤에 덧붙였다.

"당신을."

아래층으로 내려갔다. 그러나 마침 극장 개봉 시간이었기 때문에 택시를 잡기가 쉽지 않았다. 수위가 택시를 잡으려고 눈을 부릅뜨고 마치 하키 심판처럼 호각을 불며 손을 휘둘렀다. 제니는 나에게 기댄 채 서 있었다. 나는 마음속으로 택시가 없어서 그녀가 계속 나에게 기대고 있었으면 하고 바랐다. 그러나 우리는 마침내 택시를 잡았다. 택시 기사는 −운좋게도− 명랑한 타입이었다. 그는 마운트 시나이 병원까지 급히 가달라는 말을 듣자 곧 습관적인 말을 늘어놓았다.

"염려 마시오, 젊은이들, 경험이 풍부한 의사들 손에 맡겨지니까요. 수년 동안 나는 분만실과 동업을 해왔답니다."

뒷좌석에서 제니는 나에게 편안히 안겨 있었다. 나는 그녀의 머리카락에 입을 맞추고 있었다.

"초산입니까?"

명랑한 기사가 물었다.

내가 그 친구에게 쏘아붙이려 하자 그 눈치를 챈 제니가 나에게 속삭였다.

"친절하게 대해줘, 올리버. 저 사람도 우리에게

친절하게 해주려고 저러는 거잖아."

"그렇습니다."

나는 젊잖게 대답했다.

"초산이죠. 그런데 집사람 기분이 좀 좋지 않아
요. 좀 더 빨리 달려주시지 않겠습니까?"

그는 쏜살같이 차를 몰아 우리를 마운트 시나이
병원에 실어다 주었다. 기사는 곧 뛰어내려 우리를
위해 차 문을 열어주는 등 아주 잘해주었다. 그는
떠나기 전에 우리를 위해 모든 행운과 행복을 빌
어 주었다. 제니는 그에게 고맙다는 인사를 했다.

그녀의 다리가 휘청대는 것 같아서 내가 그녀를
안고 들어가려 했다. 그러나 그녀는 "이 문지방에서
는 싫어, 예비교생" 하며 고집을 부렸다. 그래서 우
리는 걸어서 들어갔고, 입원 수속을 하는 동안 꼬
치꼬치 캐묻는 접수계의 질문에 울화가 치밀었다.

"의료조합이나 다른 의료보험에 들었습니까?"

"아뇨."

(그런 사소한 일에 신경 쓸 경황이 있었겠나? 접
시 사들이기에 바빴지.)

물론 제니의 입원을 병원 측에서도 예기치 못했
던 것은 아니었다. 그녀의 입원은 이미 오래 전에

계획이 짜여 있었던 모양이었다. 버나드 애커먼 박사가 그녀를 담당하도록 준비가 갖춰져 있었다. 이의사는 제니가 말한 것처럼 비록 알짜 예일 출신이긴 했지만 마음씨는 좋은 사람이었다.

"부인은 백혈구와 혈소판 주사를 맞고 계십니다."

애커먼 의사는 나에게 말했다.

"그것이 현재로선 부인께 가장 필요한 것입니다. 부인께선 항 신진대사제는 전혀 원하지 않습니다."

"그게 무슨 뜻이지요?"

내가 물었다.

"그건 세포분열을 지연시키는 치료죠."

그가 설명했다.

"하지만, 부인도 알고 계시지만, 불쾌한 부작용이 따르는 수가 있죠."

"이보세요, 선생님."

불필요한 설교임을 나도 알고 있었지만 나는 다음과 같이 말했다.

"뭐든 제니의 뜻대로 해주세요. 그녀가 말하는 것은 뭐든지 해주세요. 그녀를 해치는 일만 빼고는 무슨 일이든지 가능한 한 해주십시오."

"그건 안심하십시오."

"비용은 얼마든지 들어도 상관하지 않습니다, 선

생님."

내 목소리가 점점 높아지고 있었던 것 같다.

"몇 주일 혹은 몇 달이 걸릴 수도 있습니다."

그가 말했다.

"비용은 무시하세요."

그는 내게 대단히 참을성 있게 대하고 있었다. 말하자면 나는 사실 그를 괴롭히고 있었던 것이다.

"내 말씀은 다름 아니라"

애커먼은 해명했다.

"부인의 생명이 앞으로 얼마나 오래 지탱할 수 있을 것인 지, 그렇지 못할 지 알 방도가 없다는 것입니다."

"이것만은 알아두세요."

나는 그에게 명령조로 말했다.

"아내에게 내가 최고로 해주고 싶다는 것만은 명심해 두십시오. 특실, 특별 간호원, 뭐든지요. 부탁합니다. 제가 돈은 가지고 있습니다."

20

뉴욕 시 맨해튼의 이스트 63번 가로부터 매사
추세츠 주 보스턴 시까지를 3시간 20분 이내로 달
린다는 것은 거의 불가능하다. 나도 이 도로를 초
과속도로 시운전해 봤기 때문에 내 말을 믿어도
좋다. 그러니까 외제차이건 국산차이건, 심지어 그
래엄 힐 같은 녀석이 핸들을 잡는다 하더라도 더
빨리 달릴 수는 없을 것이다. 나의 MG는 매사추세
츠 유료 도로에서 105마일로 달리고 있었다.

나는 휴대용 전기면도기를 가지고 있었으므로 미
리 차 안에서 정성껏 면도하고 셔츠를 갈아입고
나서 스테이트 가에 있는 그 신성한 사무실로 들
어갔다. 아침 8시인데도 벌써 몇몇 유력인사같이
보이는 보스턴 타입의 신사들이 올리버 배럿 3세
를 만나기 위해 기다리고 있었다. 그의 비서는 ─
나를 알고 있었다─ 인터폰으로 내 이름을 알렸지

만 두 번 다시 나를 쳐다보지는 않았다.

아버지는 "들여보내시오"하는 말을 하지 않았다.

대신 그의 방문이 열리더니 그가 직접 나타났다. 아버지가 "올리버" 하고 나를 불렀다.

나는 미리부터 사람의 건강상태에 관심이 많았기 때문에, 그의 안색이 약간 창백하고, 최근 3년 동안에 머리가 더 희어진(어쩌면 머리카락 숱도 더 적어 진) 것이 눈에 띄었다.

"들어오너라, 얘야."

음성만으로는 아버지의 심중을 헤아릴 수가 없었다. 나는 잠자코 그의 사무실로 들어갔다.

나는 '고객용 의자'에 앉았다.

우리는 서로 쳐다보고 나서 시선을 실내의 다른 대상으로 옮겨갔다. 나는 시선을 그의 책상으로 보냈다. 거기에는 가죽 케이스에 든 가위, 가죽 손잡이가 달린 편지 개봉용 나이프, 몇 해 전에 찍은 어머니 사진, 그리고 나의 사진(엑시터 고교 졸업 때)이 놓여 있었다.

"그 동안 어떻게 지냈느냐, 얘야."

"잘 지냈어요, 아버지."

"그리고 제니퍼도 잘 있고?"

그에게 거짓말하기도 싫었으므로 나는 그 문제를

피하고 ―실은 그것이 문제였으나― 갑자기 다시 찾아온 용건을 불쑥 말했다.

"아버지, 5,000달러만 빌려주십시오. 그럴 만한 이유가 있어서요."

그는 나를 쳐다보았다. 그리고는 고개를 끄덕이는 것 같았다.

"그래서?"

"네?"

"나에게 그 이유를 말해주겠니?"

"말씀드릴 수가 없습니다, 아버지. 제발 그저 돈만 좀 빌려주십시오."

내가 받은 느낌으로는 ―올리버 배럿 3세한테서도 실제로 뭔가를 느낄 수 있다고 가정하고서 이야기 했지만― 그는 나에게 돈을 줄 생각인 듯했다. 나는 또한 그가 나에게 아무런 싫은 소리도 하고 싶지 않다는 것을 눈치 챘다. 다만 그는 나하고… 이야기를 하고 싶었던 것이다.

"조나스 앤드 마쉬에선 너에게 봉급을 안 주는 거냐?"

"받고 있습니다."

나는 내 봉급이 동급생 중에서 최고 기록이라는 사실을 알려 주기 위해서도 그 액수를 말해주고 싶은 충동을 느꼈으나, 그가 내 직장을 알고 있다면 내 봉급도 알고 있으리라 생각했다.

"그리고 그녀도 선생으로 있잖니?"

그렇다면 그는 모든 걸 알고 있는 것은 아니었다.

"제니를 '그녀'라고 부르지 마세요."

"제니퍼도 선생으로 있지 않니?"

그는 예의바르게 물었다.

"제발 이 문제에 제니를 개입시키지 말아 주세요, 아버지. 이건 제 개인적인 문제예요. 아주 중요한 개인적인 문제예요."

"어떤 여자와 말썽이라도 생긴 거냐?"

그의 목소리에는 조금도 비난하는 빛이 느껴지지 않았다.

"네, 네 그렇습니다. 바로 그거예요. 그러니 제게 돈을 주세요. 부탁입니다."

나는 얼핏 그가 내가 말한 이유를 믿어주지 않는다는 생각이 들었다. 그는 진정으로 알고 싶어 하는 것 같지도 않았다. 내가 앞에서도 말한 것처럼, 그는 그저 나하고… 이야기하고 싶어서 질문을 했을 뿐이었다.

그는 책상서랍을 열고 편지 개봉용 나이프의 손잡이와 가위 케이스와 똑같은 코도반 가죽으로 표지를 한 수표책을 꺼냈다. 그는 천천히 그것을 펼쳤다. 나를 가슴 조이게 하기 위해서가 아니라 시간을 끌기 위해서였던 것 같다. 이야기의 실마리를 찾아내기 위해서였다. 모가 나지 않는 화젯거리를.

그는 수표를 다 쓴 다음에 수표책에서 찢어내어 내 앞으로 내밀었다. 나는 내 손을 뻗쳐 그것을 받아야 한다는 것을 잠시 뒤에야 깨달았다. 그래서 그는 좀 난감한 듯한 표정을 지으며(내 생각에) 손을 움츠려 수표를 책상 모서리에다 놓았다. 그리고는 나를 쳐다보며 고개를 끄덕였다. 그의 표정은 "자, 여기 있다, 애야" 하는 것 같았다. 그러나 그는 그저 고개를 끄덕였을 뿐이다.

나 역시 그곳에서 물러 나오고 싶었던 것은 아니었다. 내 쪽에서도 역시 모나지 않은 적당한 화제를 생각해 내지 못한 것뿐이다. 서로가 이야기를 하고 싶어 하면서도 상대방의 얼굴조차 똑바로 쳐다보지도 못하는 상태로 마냥 앉아 있기만 할 수도 없었다.

나는 몸을 굽혀 수표를 집어 들었다. 분명히 5,000달러라고 씌어 있고, 올리버 배럿 3세의 사인이 되어 있었다. 이미 잉크는 말라 있었다. 나는 그것을 조심스럽게 접어서 셔츠 주머니에 넣고는 몸을 일으켜 문을 향해 느릿느릿 걸어갔다. 저 때 문에 보스턴의(혹은 어쩌면 워싱턴의) 유력자들이 밖의 대기실에서 지루하게 기다리게 했군요, 우리에게 나눌 이야기가 더 남아 있다면 사무실 근처에서 제가 시간을 보낼 수도 있습니다, 그러니 아버지께서 점심 약속을 취소하실 수 있겠습니까… 하는 정도의 말이라도 나는 그에게 건넸어야 했는지도 모른다.

나는 문을 반쯤 열고나서 용기를 내어 그를 쳐다보고 말했다.

"고맙습니다, 아버지."

21

필 카빌레리에게 알리는 일은 내가 맡을 수밖에 없었다. 누가 하겠는가? 내가 걱정했던 것처럼 그는 실망하거나 낙담하여 쓰러지지는 않았고, 조용히 크랜스턴의 가게 집을 닫아걸고 우리 아파트로 옮겨와 살게 되었다. 우린 모두 바보스럽게 슬픔을 달래는 방법이 저마다 달랐다. 필의 방법은 주위를 깨끗이 하는 일이었다. 씻고 닦고 윤을 내는 일이었다. 그가 어떤 생각들을 하고 있는지 나는 잘 알 수 없었으나 일을 하게 내버려 둘 수밖에 없었다.

그는 제니가 집으로 돌아오리라는 꿈을 품고 있는 것일까? 그런 것 같다, 그렇지 않겠나? 가엾은 영감. 그러니까 그는 열심히 청소를 하고 있는 것이다. 그는 사태를 있는 그대로 받아들일 수는 도저히 없었던 것이다. 물론 그가 내 앞에서는 인정하려들지는 않았지만, 그의 마음속에서는 그러리라는 것을 나는 알고 있다.

내 마음속도 역시 그랬으니까.

그녀가 입원을 한 이상 나는 조나스 영감에게 전화를 걸어 결근하지 않을 수 없는 이유를 알려야만 했다. 나는 급한 볼일이 있는 것처럼 가장하고는 잽싸게 전화를 끊어버렸다. 그 까닭은 그가 몹시 걱정하면서 그로서는 도저히 표현할 수 없는 위로의 말을 늘어놓으려 할 것을 내가 알았기 때문이다. 그 후의 나날은 병문안을 가는 시간과 그렇지 않은 시간, 둘로 뚜렷이 구분되었다. 물론 그렇지 않은 시간이란 전혀 공허한 시간을 의미한다. 식욕도 없는데 먹는 일, 필이 아파트 청소를(또다시!) 하는 모습을 바라보는 일, 애커먼으로부터 잠을 자라는 지시를 받았는데도 잠을 안자는 일 등이었다.

한번은 필이 혼잣말로 중얼거리는 것을 들었다.

"난 이제 더 이상은 못 참겠구면." 그는 그때 옆 방에서 우리가 저녁 식사를 끝낸 접시들을(손으로) 닦고 있었다. 나는 그에게 대꾸하지 않았으나 마음속으로 나만은 견디어 내겠다고 생각했다. 어떤 분인지는 몰라도 하늘에 계시면서 운명의 끈을 조종하고 계신 신이시여. 이 상태가 언제까지나 계속되게 해 주십시오. 저는 이것을 영원히 견디어 낼 수 있습니다. 왜냐하면 제니는 어쨌든 살아 있는 제니이니까요.

그날 저녁, 그녀는 나를 병실에서 내쫓았다. 아버지와 단 둘이서만 이야기를 하고 싶다고 했다.

"이 회담은 이탈리아계 미국인에게만 국한되는 거야."

그녀는 자기 베개만큼이나 창백해진 얼굴로 말했다.

"그러니 잠깐 나가 줘, 배럿."

"알았어."

"하지만 너무 멀리 가진 말아."

그녀는 내가 문 앞에 다가갔을 때 말했다.

나는 라운지에 나와서 앉아 있었다. 이윽고 필이 나타났다.

"제니가 자네를 들여보내라 하네."

그는 마치 몸속이 텅 비어버린 듯한 목소리로 속삭였다.

"난 담배를 좀 사러가야겠네."

나는 병실로 들어섰다.

"그 문을 꼭 닫아."

그녀가 시키는 대로 문을 조용히 닫고 그녀의 침대 곁에 앉으러 가면서 전보다 더욱 가득히 나의 시야에 들어오는 그녀의 모습을 볼 수 있었다. 즉, 오른팔에 꽂힌 튜브들이 눈에 띄었는데, 그것을 그녀는 이불 속에 감추려고 했던 것이다. 나는 항상 침대 곁에 바싹 붙어 앉아 그녀의 얼굴을 들여다보고만 있는 것이 좋았다. 얼굴은 창백했지만 두 눈동자는 그 속에서 광채를 잃지 않고 있었다. 그래서 나는 얼른 그녀의 병상 곁에 바싹 다가앉았다.

"아프지 않아, 올리. 정말이야."

그녀는 웃었다.

"마치 벼랑에서 천천히 떨어지는 듯한 느낌이야. 자기도 알 것 같아?"

나의 뱃속 깊숙한 곳에서 뭔가 꿈틀거렸다. 그것은 내 목구멍으로 치밀어 올라와 나를 울게 만드는, 형체도 없는 그 어떤 것이었다. 그러나 나는 울지 않으려고 애썼다. 지금까지 울어 본 일이 없었다. 나는 강인한 놈이다, 알지 않는가? 나는 울지 않을 것이다.

그러나 내가 울지 않으려고 하니까, 이번에는 입이 떨어지지 않았다. 나는 겨우 고개를 끄덕이는 수밖에 없었다. 그래서 나는 알았다는 표시로 고개를 끄덕거렸다.

"빌어먹을."

그녀가 말했다.

"응?"

그것은 말이라기보다 차라리 신음소리였다.

"당신은 벼랑에서 떨어지는 기분을 모를 거예요, 예비교생."

나는 할 말이 없었다.

"자기는 평생 한 번도 떨어져 본 일이 없잖아."

"있어."

나는 겨우 입을 열 수 있는 힘을 되찾아 말했다.

"당신을 만났을 때야."

"그래."

그녀의 얼굴에 미소가 스쳐 지나갔다.

"'아아 '그것은 얼마나 멋진 추락이었던가' 누가 그런 말을 했지?"

"모르겠는데, 셰익스피어였던가."

내가 대답했다.

"그래. 하지만 누구의 독백이었더라?"

그녀가 푸념하듯이 말했다.

"무슨 희곡이었는지도 생각이 안 나. 래드클리프에 다녔으니 모든 걸 기억해야 할 텐데, 나는 한때 모차르트의 쾨헬 목록을 모두 외우고 있었거든."

"대단했는데."

"정말이야."

그렇게 말하고 나서 그녀는 양미간을 찌푸리며 물었다.

"C 단조 피아노 협주곡이 몇 번이지?"

"내가 찾아볼게."

어디 있는지 나는 알고 있었다. 아파트의 피아노 옆 선반 위에 있다. 내가 찾아두었다가 내일은 맨 먼저 그녀에게 말해 줘야지.

"전에 알고 있었는데, 정말, 전엔 알고 있었다고."

"이봐, 음악 얘기를 하고 싶어?"

나는 보가트의 목소리를 흉내 내면서 무뚝뚝하게 말했다.

"당신은 오히려 장례식 얘기를 하고 싶은 거야?"

그녀가 물었다.

"아니야."

나는 그녀의 말을 중단시킨 것을 후회했다.

"필과 그 문제를 상의했어. 당신 듣고 있어, 올리?"

나는 얼굴을 외면하고 있었다.

"응, 듣고 있어, 제니."

"아버지에게 장례는 가톨릭으로 해도 좋다고 말했는데, 당신도 승낙해, 괜찮지?"

"응."

"그럼 됐어."

그러자 나는 약간 안도감을 느꼈다. 결국 이런 이야기까지 나온 마당이니, 앞으로 둘 사이에 무슨 이야기가 나오든 지금보다는 나을 것이었기 때문이었다.

나의 오판이었다.

"이봐, 올리버."

제니가 부드러우면서도 화가 난 듯한 목소리로 나를 불렀다.

"그런 언짢은 얼굴 짓지 말아!"

"나 말이야?"

"그 죄지은 것 같은 당신의 얼굴 말이야, 올리버. 그게 싫어."

솔직히 말해서 나는 나의 표정을 고치려고 애썼으나 안면 근육이 얼어붙어 있었다.

"누구의 잘못도 아니야, 이 예비교생 아저씨야."

그녀는 말하고 있었다.

"당신 제발 자책 같은 것은 그만 둬야 해!"

나는 그녀의 얼굴에서 눈을 떼고 싶지 않았으므로 그대로 그녀를 쳐다보고 싶었다. 그러나 시선을 떨구지 않을 수 없었다. 나는 이 순간에도 제니가 내 마음을 환히 꿰뚫어보고 있다는 것이 몹시 부끄러웠던 것이다.

"들어 봐, 내가 당신한테 부탁하고 싶은 건 오직 그것뿐이야, 올리. 그것만 아니면 당신은 염려 없다는 걸 난 알아."

나의 오장육부가 다시 뒤틀리기 시작했다.

나는 "알았어"라는 말 한마디를 하는 것마저 두려웠다. 나는 그저 벙어리처럼 제니를 바라보고 있었다.

"파리는 잊어버려."

그녀는 느닷없이 말했다.

"응?"

"당신이 내게서 앗아갔다고 생각하는 파리니 음악이니 그 밖에 모든 너절한 것들을 죄다 잊어버리란 말이야. 난 아무렇지도 않아, 이 바보. 당신은 내 말을 못 믿겠어?"

"못 믿어."

나는 진심으로 대답했다.

"그럼 여기서 당장 나가."

그녀의 말은 진심이었다.

"나의 임종에 당신이 있는 걸 바라지 않아."

제니가 진정으로 하는 말을 나는 알아들을 수 있었다. 그래서 나는 다음과 같은 거짓말을 함으로써 그녀 곁에 있을 수 있는 허락을 받아냈다.

"내가 당신 말을 믿을게."

"그럼 됐어. 이제 내 부탁을 하나 들어줄래?"

그녀가 말했다.

나의 몸 속 어디선가 허망한 느낌이 울컥 치밀어 올라 나를 울리려고 했다. 그러나 나는 버티었다. 나는 절대 울지 않을 것이다. 나는 다만 제니퍼에게 ─긍정의 뜻으로 머리를 끄덕여 보임으로써─ 그녀의 부탁이라면 뭐든지 기꺼이 들어주겠다는 뜻을 내비쳤다.

"나를 힘껏 좀 안아 주겠어?"

그녀가 청했다.

나는 한 손을 그녀의 팔 밑에 넣고 ─세상에, 그렇게 여윌 수가─ 꼭 쥐었다.

"아니, 올리버"

그녀는 작은 소리로 말했다.

"진짜로 안아줘, 내 곁에 누워서."

나는 고무 튜브 같은 것들에 아주 조심해 가면서 침대에 누워 있는 그녀 곁으로 들어가 두 팔로 그녀를 꼭 껴안아 주었다.

"고마워, 올리."

그것이 그녀의 마지막 말이었다.

22

-->-+o+-<--

필 카빌레리가 일광욕실에서 줄담배를 피우고 있
을 때 내가 나타났다.

"필?"

나는 나직하게 말했다.

"응?"

그가 쳐다보았다. 내 생각으로는 그도 이미 알고
있는 듯했다.

그에게는 분명히 어떤 신체적 위로가 필요했을
것이다. 나는 그에게 다가가 내 손을 그의 어깨에
얹었다. 나는 그가 울음을 터트리지나 않을까 걱정
됐다. 나는 울지 않을 자신이 있었다. 울 수도 없
었다. 이미 그런 모든 단계를 지났다는 뜻이다.

그는 내 손 위에 자기 손을 포개었다.

"나는"

그는 중얼거렸다.

"나는 차라리…."

그는 여기서 말을 멈추었고, 나는 다음 말을 기다렸다. 도대체 이제 와서 서두를 일이 뭐가 있겠는가?

"나는 차라리 자네를 위해 강해지겠다는 약속을 제니한테 하지 말걸 그랬어."

그리고는 자기의 서약을 확인이라도 하듯 내 손을 아주 부드럽고 가볍게 다독거렸다.

그러나 나는 혼자 있어야만 했다. 바람을 쏘이기 위해서, 산책을 하기 위해서.

아래층의 병원 휴게실은 매우 조용했다. 내 귀에 들리는 소리라고는 리놀륨 바닥에 울리는 나의 발자국 소리뿐이었다.

"올리버."

나는 발걸음을 멈췄다.

아버지였다. 접수계의 여자를 제외하고 거기에는 우리 두 사람뿐이었다. 사실 우리는 뉴욕에서 이 시각에 깨어 있는 극소수의 사람들 중에 하나였다.

나는 그를 정면으로 쳐다볼 수가 없었다. 나는 곧장 회전 출입문 쪽으로 걸어갔다. 그러나 순식간에 그는 바로 내 곁에 다가서 있었다.

"올리버―"

나는 고개를 숙였다.

"나한테도 얘기를 했어야 하지 않느냐."

몹시 추웠지만 나는 온몸의 감각을 잃고 있어서 뭔가를 느끼고 싶었기 때문에 추운 것이 어떤 의미에서는 좋았다. 아버지는 계속 나에게 말을 걸었으며, 그리고 나는 계속 가만히 서서 찬바람이 내 얼굴을 때리도록 내버려두었다.

"소식을 듣자마자 곧장 차를 몰아서 왔단다."

나는 깜박 잊고 코트를 두고 나왔었다. 추위로 내 몸이 얼얼하게 아프기 시작했다. 좋아. 좋아.

"올리버"

아버지가 끈덕지게 말했다.

"도와주고 싶구나."

"제니는 죽었어요."

나는 그에게 말했다.

"미안하게 됐구나."

그는 멍해져서 중얼거렸다.

나는 어쩐 일인지 이제는 죽고 없는 그 아름다운 여자한테 내가 오래 전에 배웠던 말을 되뇌고 있었다.

"사랑하는 사람 사이에 미안하다는 말은 하지 않

는 거예요."

　나는 그의 앞에서는 절대로 보인 적이 없었던,
더구나 그의 팔에 안긴 어린 시절에도 흘려본 적
이 없었던 눈물을, 마침내 참아내지 못하고 그만
울어버리고 말았다.

*

지은이 에릭 시걸

33개국에서 번역출간, 즉각 센세이션을 일으키며 2,100만 부 이상 팔린 경이적인 베스트셀러 〈러브 스토리〉의 작가 에릭 시걸은 1937년 브루클린에서 태어나 하버드 대학을 졸업 했다.

재학시절에는 육상부에서 활동할 정도로 스포츠에도 남다른 재능을 갖고 있었다.

그리스 비극과 라틴 시 그리고 고대 운동경기들에 관한 책들도 폭넓게 발간한 그는 하버드, 예일, 프린스턴 등에서 강의했다. 1972년 76년 올림픽 게임에서 그는 ABC-TV와 파리의 RTL라디오 방송국의 실황중계 해설자를 맡기도 했다. 1988년 프랑스 정부로부터 레지옹 도뇌르 훈장을 받았고 2010년 향년 72세를 일기로 사망했다.

옮긴이 백은영

고려대학교 의과대학 / 1982-1989
고려대학병원 치료방사선과 / 1989-1991
University of San Francisco(USA) 성형외과 / 1998
Dr BEY Clinic 원장 / 2010 ~
닥터베이연구소 대표 / 2014 ~

저서

〈시간게임〉 2003, 〈순간 성형〉 2004
〈호르몬 성형〉 2004, 〈유전 성형〉 2004

번역도서

Cell Therapy: Stem Cell Transplantation, Gene Therapy and Cellular Immunotherapy, George Morstyn, William Sheridan(2003) / What your doctor may not tell you about Menopause, by John R. Lee, Virginia Hopkins(1996) / Growing Young with HGH: The Amazing Medically Proven Plan, by Ronald Klatz, Carol Kahn(1997) / Improving Nature: The Science and Ethics of Genetic Engineering, by Michael J. Reiss, Roger Staughan(1991) / Stem Cell(K) Report, by the National Institutes of Health(2001) / Redesigning Humans: Choosing our genes, changing our future, by Gregory Stock(2003) / Handbook of Stem cells - Volumes 1 and 2, by Roberts Lanza, Irving Weissman, James Thomson, Roger Pederson(2004) / The Handbook of Stem cells, by Robert Paul Lanza(2004) / Adult Stem Cells, by Donald G. Phinney(2011)

러브 스토리

지은이 _ 에릭 시걸
옮긴이 _ 백은영
펴낸이 _ 안혜숙
편집 디자인 _ 임정호

제1판 제1쇄 발행일 _ 2003년 12월 16일
제2판 제1쇄 발행일 _ 2019년 11월 11일
제2판 제2쇄 발행일 _ 2023년 3월 27일

펴낸곳 _ 문학의식
등록 _ 1992년 8월 8일
등록번호 _ 785-03-01116
주소 _ 인천시 강화군 하점면 강화대로 939
전화 _ 032.933.3696
이메일 _ hwaseo582@hanmail.net

값 10,000 원
ISBN 979-11-90121-05-7

ⓒ 문학의식, 2023 published in Korea